Paul Many • Wie im falschen Film

D1924908

OMNIBUS

Foto: © Privat

DER AUTOR

Paul Many arbeitete lange Zeit als Journalist, Professor für Kommunikationswissenschaft und verfasste Artikel, Aufsätze, Kritiken und Gedichte. Seit 1996 schreibt er Jugendromane. *Wie im falschen Film* ist das erste Buch von ihm, das in Deutschland veröffentlicht wird. Many lebt mit seiner Familie in Ottawa Hills, Ohio.

Paul Many

Wie im falschen Film

Aus dem Amerikanischen
von Harald Tondern

OMNIBUS XL

OMNIBUS XL

Junge Bücher
mit Format

Band 25051

Umwelthinweis:
Dieses Buch wurde auf chlorfrei gebleichtem Papier gedruckt.

Deutsche Erstausgabe Dezember 2001
Gesetzt nach den Regeln der Rechtschreibreform
Der OMNIBUS Taschenbuchverlag gehört zu den Kinder- und Jugendbuchverlagen in der Verlagsgruppe Random House.
© 2001 für die deutschsprachigen Ausgabe bei OMNIBUS Taschenbuch/
C. Bertelsmann Jugendbuch Verlag, München
in der Verlagsgruppe Random House GmbH
Alle deutschsprachigen Rechte vorbehalten
© 2000 by Paul Many
Published by Arrangement with Walker and Company/Publ. Co. Inc.
Titel der amerikanischen Originalausgabe:
»My Life, Take Two«
Dieses Werk wurde vermittelt durch die
Literarische Agentur Thomas Schlück GmbH
30827 Garbsen
Übersetzung: Harald Tondern
Umschlagbild: Giorgos Manoli/Which Art
Umschlagkonzeption: Klaus Renner
st · Herstellung: Peter Papenbrok
Satz: Uhl + Massopust, Aalen
Druck: GGP Media, Pößneck
ISBN 3-570-25051-2
Printed in Germany

www.omnibus-verlag.de

10 9 8 7 6 5 4 3 2 1

Für meine Frau Linda,
meine Mutter Julia
und zur Erinnerung
an meinen Vater Paul

»In memory is the more reality.«

»In der Erinnerung liegt die größere Wirklichkeit.«

Henry David Thoreau
Tagebuch-Eintrag vom 30.12.1841

EINS

»Die Hunde haben uns fast.

Sie sollen eigentlich erst bei Einbruch der Dunkelheit freigelassen werden, aber hier sind sie, stürzen durch das Unterholz und machen ein Geräusch wie ein Baseball, der durch eine Baumkrone zischt. Mein Dad, der mir vor einer Sekunde noch einige Wolken gezeigt hat, ruft plötzlich: ›Lauf, Neal! Schnell!‹, und hier packt er meinen Arm, und es ist wie damals, als ich mit dem Kabel dieser alten Lampe gespielt habe, und ich schnelle los, mach den ersten Schritt, runter vom Weg und rein ins Unterholz, ohne nachzudenken – vielleicht wie ein Hase, der einen Gewehrschuss hört.«

Ich *wusste*, das würde sie packen. Sogar dieser Fatzke Nowack hört auf, Furzgeräusche mit seinen Händen zu machen, und blickt auf. Ich schalte das Licht des Overhead an, damit sie meine Zeichnungen besser sehen können.

»Und mein Dad rennt, zerrt mich mit. Ich habe ihn noch nie rennen sehen, und es sieht merkwürdig aus, so als ob man einen Lehrer morgens im Bademantel sieht, wie er die Zeitung aus seinem Briefkasten holt. Hier seht ihr meine Reaktion in Großaufnahme. Und er macht ein schnaubendes Geräusch, und ich sehe auf, und er lacht, dass sich ihm die Eingeweide verkrampfen! So voller Leben ist er; alles findet er lustig. Wir sind drauf und dran, zu Luxushundefutter verarbeitet zu werden, und er lacht. Und mich bringt er auch zum Lachen, deshalb muss ich rufen: ›Dad! Hör auf!‹ Weil es mir den Atem nimmt.

Auf den nächsten Bildern hier seht ihr, wie wir an eine hohe Buschhecke kommen und er mich halb rüberwirft und selbst hindurchtaucht. Die Hunde scharren und kläffen, während sie hindurchzubrechen versuchen, und dann springen sie, sodass ihre schnappenden, wütend knurrenden Köpfe wie dämliche, doofe Puppen auftauchen und wieder verschwinden, aber dann rennen sie weg.

Großaufnahme von Dad, der sagt: ›Sie laufen außen herum.‹

Er meint diese Hecke. Sie soll die Leute daran hindern, in die Schlucht zu fallen… Moment, hier ist eine Großaufnahme… dieser gigantische Abgrund ist vielleicht vierhundert Meter lang und fünfzehn Meter tief. Und jetzt sind wir auf diesem schmalen Pfad gefangen zwischen den Hunden und der Schlucht. So, hier ist der Blick aus der Vogelperspektive, ihr seht, wie wir den Pfad entlangzurennen beginnen, aber plötzlich kommen die Hunde um das Ende der Hecke herumgelaufen, und mein Dad ruft ›Oje‹, und hier rennen wir zurück. Wir laufen in die entgegengesetzte Richtung, aber inzwischen taucht ein anderer Hund – ihr seht ihn hier in dieser extremen Großaufnahme –, das größte und wütend Speichel verspritzende Ungeheuer von allen – am anderen Ende auf, und ich will über die Hecke zurückklettern, aber Dad sagt: ›Nein! Hier entlang.‹ Und er nimmt meine Hand und ich folge ihm in blindem Vertrauen und trete über die Kante.

Schnitt auf Kamera zwei. Totale.

Hier haben wir jetzt den Gegenschuss, und wir schauen von ganz unten, vom Boden der Schlucht, nach oben, und ihr wisst, mit diesem Gefühl von Unwohlsein im Magen, dass da nirgends einer stehen, sitzen oder liegen kann – ihr seht, das ist ein Kliff –, aber da sind sie jetzt, diese beiden kleinen Punkte, die über die Kante ins Nichts fliegen, ihre winzigen Arme drehen sich wie die Rotorblätter eines Hubschraubers, und sie versuchen aufrecht zu bleiben, während sie das sich lösende Geröll und den Sand hinunterrennen, nur dass sie sich mit jedem Schritt fast einen Meter weiter vom Hang entfernen und fast drei Meter weiter unten sind, als ob sie Riesenschritte machten oder Ski liefen ohne Skier oder Schnee oder Hirn.

Ihr seht sie immer schneller werden mit diesen riesigen Godzilla-Schritten, und sie haben absolut keine Chance, aber irgendwie rennen sie zwei oder drei Sekunden lang trotzdem weiter, und – gerade als es so aussieht, als seien sie erledigt – hier auf diesen Bildern seht ihr, dass der Mann EIN PAAR GOLDENE FLÜGEL ENTFALTET! Und hier, wir gehen jetzt in die Halbtotale, schwenken wir auf eine Frau oben an der Kante, die die Hunde ruft und sie zurückhält, als ob sie tatsächlich so dämlich wären, dasselbe zu machen wie diese Typen eben.

Hier auf den nächsten Bildern seht ihr es aus dem Blickwinkel der Frau: die magischen Flügel, die der Mann entfaltet, als sei er eine Art menschliches Schweizer Offiziersmesser, wie er den Jungen mit seinen Armen umfängt und sie in einer Spirale tiefer, tiefer, tiefer sinken und sinken und schließlich mit ein paar großen Schritten, wie beim Fallschirmspringen, in dem trockenen Schutt auf dem Grund aufkommen.

Dann falten sich die großen, schimmernden Flügel wieder zusammen, und auf den letzten Bildern sieht man die beiden pfeifend davongehen, als sei das, was da gerade passiert ist, die allernormalste Sache der Welt.

Das Bild verdunkelt sich und Ende«, sage ich zu dem Kurs und schalte die Lampe des Overheadprojektors aus.

Alle sitzen stumm in dem abgedunkelten Raum.

Schließlich höre ich Mr. Bhandarus Stimme aus der Dunkelheit irgendwo hinten: »Sehr schön, Mr. Thackeray«, sagt er. »Sie zeichnen gut. Aber Sie hatten in diesem Kurs den Auftrag, einen Dokumentarfilm auszuarbeiten, keinen Comic.«

»Aber Mr. B«, sage ich, »ich schwöre, genauso ist es passiert.«

»Merken Sie sich das«, sagt er und lässt die Rollos hochschießen, dass alle hochschrecken. Die Sonne blendet mich für einen Moment. »Manchmal kann die Wirklichkeit lügen.«

ZWEI

Seit ich dieses Jahr Mr. Bhandarus Dokumentarfilmkurs belegt habe, beschäftigt es mich, wie eigenartig meine Erinnerungen eigentlich sind. Mittlerweile ist mir klar, dass diese Bilder in meinem Kopf völlig logisch sind, auf jede nur denkbare Weise, nur in der einen nicht: Sie ergeben keinen Sinn. Das erste Mal ging mir das auf, als wir dem Kurs ein Storyboard von einem Erlebnis aus unserem Leben präsentieren sollten – also so ein Ding, wo man diese comicartigen Skizzen von den einzelnen Szenen zeichnet. Und erst, als ich die Flügel zu zeichnen begann, die mein Dad ausbreitet, kapierte ich auf einmal, dass da irgendetwas total daneben war.

Klar, ich habe auch früher schon mal daran gedacht, aber es gehörte zu den Dingen, über die man nie wirklich nachdenkt, wie warum der Montag Montag heißt oder wie es kommt, dass die meisten Kontinente oben breit und unten spitz sind und so was.

Inzwischen kann ich für mich persönlich ganz gut mit solchen Reinfällen umgehen, aber wenn diese verdrehten Erinnerungen anfangen, mir Probleme mit der Realität zu bereiten, werde ich langsam nervös. Worum es geht: Wir sollten diesen Dokumentarfilm für den Kurs machen? Nun, dieses Storyboard war mein letzter und bester Schuss, aber weil es so unrealistisch war, hat Mr. B es abgeschmettert. Das Unfaire daran ist, dass Mr. Bhandaru auf seiner Lehrbefugnis unter der Rubrik »Besondere Eigenschaften« selbst den Vermerk »Seltsam«

stehen hat. Beweis: Er tritt unter dem Künstlernamen »Der Filmfreak« in seiner gleichnamigen wöchentlichen Filmshow im Spätprogramm des Lokalfernsehens auf. In der Sendung trägt er ein Cape und spricht, als habe er die Famous Actors' School absolviert, obwohl dieses Ereignis aus seinem früheren Leben nur in seinem Kopf stattgefunden hat.

Und als er mir sagt, dass er meine Idee – an der ich die ganzen letzten beiden Wochen gezeichnet habe – nicht akzeptiere, legt er, während ich noch tief unten auf dem Boden meines Reinfalls liege, hiermit nach: »Wenn Sie einen guten Dokumentarfilm machen wollen, ist das ganze Geheimnis, dass Sie großzügig mit Ihren Bildern sein müssen. Aber Sie sind wie ein kleines Kind, das sich hinter seinen Händen versteckt und sich einbildet, der Raum dahinter sei seine eigene, winzige, kleine Welt. Nur dass Sie sich stattdessen hinter der Kamera verstecken! Sie halten sich daran fest. Sie halten alles zurück. Sie müssen lernen, hinter ihr hervorzukommen und sich selbst zu zeigen, wenn Sie Filme machen wollen, die Ihnen wirklich etwas bedeuten.«

Und obwohl er so ein Bekloppter ist, hatte er mich mit diesem letzten Teil wirklich erwischt. Seit meine Mom uns damals, als ich noch ein Kind war – ungefähr zehn war ich –, Knall auf Fall von dem Anwesen heruntergezerrt hat und dann, nur ein paar Monate später, mein Vater starb, ist mein Leben ungefähr so aufregend wie ein blind gegangenes Feuerwerk:

ZISCHHHHHH!

(fft)

Hm.

Es gab einfach gar nichts mehr, das mich noch wirklich erreichen konnte. Also mache ich das, was ich am besten kann in solchen Situationen: Aufgeben und mich in meiner Niederlage suhlen. Am Ende hatte der B-Mann wahrscheinlich noch Mitleid mit mir. Statt der Sechs, die ich mir von ihm erhofft hatte, damit ich das Ganze für mich abhaken konnte, gibt er mir ein »Nicht abgeschlossen« und sagt, ich könne noch den Sommer über an meinem Film arbeiten.

Meine Freundin Emily sieht in meinem Erinnerungswirrwarr übrigens nur einen weiteren Akt in meiner Ein-Mann-Wirklichkeitsverdrehungs-Show. Sie kennt mich wahrscheinlich besser als irgendjemand sonst auf diesem Planeten. Bevor wir nämlich auch nur geboren waren, waren ihre und meine Eltern Freunde, und von dem Moment an, in dem wir uns aus dem Geburtskanal herausgearbeitet hatten, beide am selben Tag im selben Krankenhaus (verschiedene Mütter), stand für sie wahrscheinlich schon fest, dass wir einmal heiraten würden.

»Dein Problem, du armer, armer Neal«, sagte sie mir mal, »ist, dass du die wirklichen Dinge mit all den anderen Sachen durcheinander bringst.« Sie sagt das so süß und aufrichtig, dass ich ihr auch noch dankbar bin, dass sie so offen zu mir ist, obwohl ich neuerdings immer mehr das Gefühl kriege, dass sie es aus Frust tut.

Und ich klammere mich an Emily, weil sie mir hilft, Phantasie und Wirklichkeit auseinander zu halten, besonders weil die wenigen Erinnerungen, die ich an meinen Dad habe, alles sind, was ich noch von ihm habe, und wenn ich anfange, sie zu verdrehen – wenn ich irgendwie anfange, an ihnen herumzuschrauben –, ist er weg für immer. Aber damit schweife ich jetzt zu sehr ab. Machen wir also besser hiermit weiter:

Es ist ungefähr die letzte Schulwoche, und ich sitze im Französischkurs, brüte über der Mitteilung von Mr. B wegen des »Nicht abgeschlossen« und versuche mir auszumalen, wie ich das hinkriegen kann bis zum Herbst, wenn ich in die Abschlussklasse kommen soll. Ich ignoriere die Lautsprecherdurchsage – die eh kein Mensch verstehen kann –, aber sie kommt gleich nach dem Mittagessen noch mal:

»Wäääääääähnen feeeernjo ucht, solljich nacher schui hm üo melln.«

»Willst du Pommes dazu?«, sage ich zu dem Typ neben mir, und wir lachen beide – auf Französisch natürlich (»Uh, Uh, Uh, Äh-ha«).

Erst als ich in der Pause Emilys Mutter in der Halle traf, kapierte ich, worum es da eigentlich ging.

»Na, hast du dich schon beworben?«, fragte sie.

»Wofür?«, fragte ich.

»Hast du die Durchsage nicht gehört? ›Wer einen Ferienjob sucht, soll sich nach der Schule im Büro melden.‹« Mrs. J war die Schulsekretärin und die Busenfreundin meiner Mom, und sie hatten diese regelmäßigen Geheimsitzungen, auf denen sie herauszufinden versuchten, was aus mir werden sollte.

Aber selbst wenn ich die Durchsage verstanden hätte, hätte ich sie wahrscheinlich trotzdem ignoriert. Wie ich schon sagte: Warum soll man sich um solchen Kram kümmern?

»Warum nicht?«, sagte Emily, als wir später in der Cafeteria über das Jobangebot redeten.

»Nun, vielleicht hast du vergessen«, sagte ich, »dass ich letzten Sommer so großartig in meinen Jobs war, dass ich bei zweien gefeuert wurde.«

»Bei dreien, oder?« Emily brachte ihr Mittagessen immer von ihrem Heimatplaneten mit, wo Tofu das tägliche Brot war. Sie hatte einige Scheiben von einem schleimigen, braunen Zeug mit Klumpen von irgendeinem orangefarbenen Zeug in einem Plastikbehälter.

»Stimmt«, sagte ich. Ich hatte keine Lust auf das Schulfutter – obwohl die Mädchen an der Essensausgabe so toll aussahen in ihren Hawaiikitteln aus Plastik – und aß ein Sandwich aus dem Automaten, das schmeckte, als hätten sie vergessen, den Käse auszupacken.

»Nun, betrachte es einfach als eine Erfahrung«, sagte sie. »Man lernt bei jedem Job irgendwas.«

»Ja, und das hab ich gelernt: Beispiel A: Die Leute geben dem Zeitungsjungen die Schuld, wenn sie verpennen und ihre automatische Sprinkleranlage ihre Zeitung nass macht. Römisch zwei: Wenn ihr Baguette mit Shampoo bekleckert ist, wenn sie nach Hause kommen, dann war das der Junge, der ihnen die Sachen im Supermarkt eingepackt hat, und Regel C: Sie beschimpfen den Abräumkellner, weil er nicht Gedanken lesen kann, wenn sie aufs Klo gehen und ihren Teller Tapioca noch nicht ratzekahl leer gegessen haben. Ich meine, was ist überhaupt los mit den Leuten heute? Wo bleibt ihre Eigenverantwortlichkeit?«

Emily rollte die Augen, wie sie es immer tat, wenn ich ihr mit einer meiner Phrasen kam. Sie goss Saft mit plumpsenden Stücken von irgendeinem Zeug drin in eine Plastiktasse.

»Es geht da immer auch ums Geld, Neal«, sagte sie.

»Wir kommen schon klar«, sagte ich.

Auch wenn Dad nicht an Versicherungen glaubte, hatte Mom doch eine Police abgeschlossen, mit der sie unsere Schulden bezahlen konnte und sie hatte nach Dads Herzanfall sowieso wieder zu arbeiten begonnen, sodass es gewöhnlich reichte.

»Worum geht es da überhaupt bei diesem Job?«, sagte sie und fuhr mit einem orangefarbenen Klumpen am Ende ihrer Gabel in der Gegend herum.

»Keine Ahnung«, sagte ich. »Ich müsste ins Büro hinuntergehen und fragen. Was meinst du? Soll ich's noch mal versuchen?«

»Frag, was es ist, und wenn's okay zu sein scheint, bewirb dich. Neal, ich glaube, du verkomplizierst das nur.«

»Erinnerst du dich, was ich dir erzählt habe, was mein Dad zu sagen pflegte über den ›nächsten logischen Schritt‹?«

Natürlich erinnerte sie sich, ich hatte es ihr ungefähr tausendmal erzählt.

»Es geht immer um den nächsten logischen Schritt, Neal-o«, sagte mein Dad immer. »Du wirst geboren als eine glitschige, schleimige, kleine Made, sie reiben dich trocken und setzen dir eine Mütze auf den Kopf, sobald du dann feste Nahrung essen kannst und aufhörst, in die Hosen zu machen, geht's ab in die Schule, aufs College und in einen Job. Du heiratest, bekommst einen Haufen Kinder und kaufst ein Haus und eine Großraumlimousine. Wenn du nicht aufpasst, wirst du eines Tages aufwachen und fragen: ›Was, zum Teufel, tue ich hier?‹«

»Natürlich erinnere ich mich«, sagte Emily. »Du hast es mir nur ungefähr tausendmal erzählt.«

»Nun, es lässt mich immer zweimal nachdenken.«

»Nachdenken ist nicht schlecht«, sagte sie. »Aber danach musst du etwas tun.« Sie knallte den Deckel auf ihren Plastikbehälter, schraubte den Deckel auf ihre Saftflasche und verstaute alles in ihrem Rucksack. »Pass auf«, sagte sie, »ich habe heute nach der Schule ein Treffen und morgen eine wichtige Prüfung in Buchhaltung, aber geh wenigstens ins Büro runter und erkundige dich. Dann können wir uns morgen treffen und du kannst mir alles darüber erzählen.«

»Okay«, sagte ich.

»Am üblichen Platz?«, fragte sie und gab mir den viel sagenden Blick, bevor sie sich umdrehte und die Cafeteria verließ.

DREI

»Moment. Moment, ich weiß, ich habe es gesehen«, sagt Mr. Reynolds, der stellvertretende Schulleiter, bevor ich auch nur den Mund aufmachen kann.

In der Sekunde, in der er mich durch das kleine Fenster in seiner Bürotür sieht, macht er ein finsteres Gesicht und häuft große Gewitterwolken aus Verdrießlichkeit auf, weil er wahrscheinlich denkt, es sei wieder das Übliche.

Also scharrt er, während ich dastehe, weiter in den Haufen roter Disziplinarzettel, als sei er ein Hund, der nach einem Maulwurf gräbt. Schließlich seufzt er. »Ich geb auf. Was ist es dieses Mal, Thackeray?«

»Der Job«, sage ich.

»Ah, ja, der Job, Job, Job …«, sagt er und fängt wieder an, in seinen Papieren zu wühlen. »Sie meinen, von gestern?«

»Genau«, sage ich.

Er hört plötzlich auf.

»Sind Sie es, der sich bewerben will?«

»Nun, ich dachte mir …«

»Das ist für einen Verwandten von mir, wissen Sie«, sagt Mr. Reynolds. »Ich will ihm einen Gefallen tun.«

Ich glaube, ich wusste, worauf er hinauswollte. Und ich musste ihm zustimmen. Ich hatte hart für den Spitznamen gearbeitet, den einige der Jungs seit der Sache mit dem Wasserballon in der Aula für mich benutzten: »BB« – Abkürzung für »Bruch und Brand«.

»Ich bin sicher, dass ich das schaffe, Mr. Reynolds«, sage ich trotzdem. Ich kratze mich am Nacken, der plötzlich kitzelt.

»Ah, hier ist es.« Er zieht ein Stück Papier hervor und hält es mit zwei Fingern hoch wie einen faulen Fisch, den jemand (ich schwöre, ich war es nicht) in den Klospülkasten der Lehrertoilette gesteckt hat. Er ist zerfleddert und hat Spuren auf sich wie von einem Reifen, der quer darüber gerollt ist. Durch den Schmutz und die Flecken lese ich:

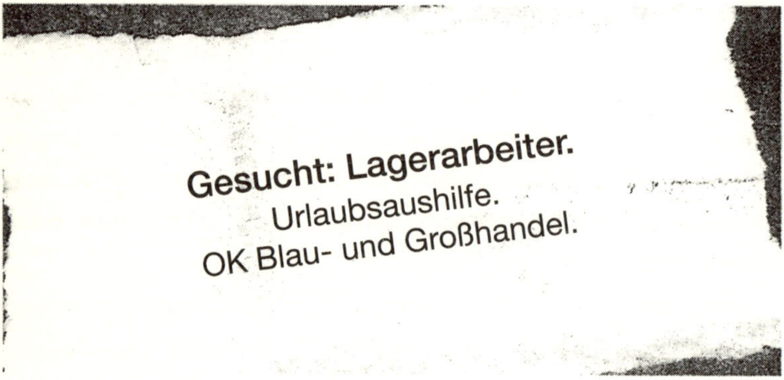

»Blau?«, sage ich und halte mir dabei die Nase zu, dass es klingt, als lallte ich.

»Zeigen Sie her«, sagt Mr. Reynolds und reißt mir den Zettel aus der Hand.

»Bau«, sagt er. »Es soll Bau heißen.«

»Haben schon viele danach gefragt?«, sage ich mit einem winzigen Hoffnungsschimmer in den Augen.

»Ein paar, aber keiner hat zugegriffen«, sagt Reynolds. »Aber machen Sie sich nicht zu viel Hoffnung.«

Ich verspreche, dass ich das nicht tue, und er hält mir den

Zettel hin. Aber als ich ihn nehmen will, lässt er ihn nicht los, sodass schließlich eine Ecke abreißt.

Ich hätte misstrauisch sein sollen.

Keiner hat zugegriffen?

Und mal ganz abgesehen von dem Schreibfehler, wer kommt schon auf die Idee, seinen Laden »OK« zu nennen?

Ich meine, würdet ihr mit der »All Right Airlines« fliegen, euch die Zähne von einem »›Könnte-schlimmer-sein-Zahnarzt« ziehen lassen oder – ich hasse es, auch nur daran zu denken – sich vom »Gar-nicht-so-übel-Hirnchirurgen« operieren lassen? (»He, seid nicht so pingelig. Die meisten Leute nutzen sowieso nie mehr als zehn Prozent ihres Gehirns. Habe ich Recht? Blinzelt, wenn ihr mich hören könnt.«) Aber ich ging trotzdem nach der Schule hin – zu so einem flachen, grauen Gebäude an der Eisenbahnstrecke mit einer ausgefransten amerikanischen Flagge, die schlaff an einem verrosteten Mast herunterhing.

Die Dame am Empfang sagte, dass die Sekretärin heute krank sei und sie die Bewerbungsbögen erst suchen müsse. Ich füllte sie ziemlich schnell aus, da ich nicht viel in die Rubrik »Bisherige Arbeitsstellen« einzutragen hatte.

Dann saß ich lange Zeit herum und las in einer Zeitschrift, die »Beton-Fertigbauteile-Magazin« hieß und wohl so eine Art Playboy für Bauleute war. Schließlich führte mich die Lady an den grauen Metallschreibtisch von Mr. Spiro, diesem miesepetrig aussehenden, glatzköpfigen Typ in einem kurzärmeligen, weißen Hemd und einer anklemmbaren Schleife, der einen fischigen Geruch wie aus der Trockenreinigung verbreitete.

Er las meine Bewerbung und zuckte mit dem Kopf nach mir, als ob er gleich einen Anfall kriegen würde. Das sollte wohl heißen, dass ich mich auf den Stuhl vor seinem Schreibtisch setzen sollte, also setzte ich mich. Alle Augenblicke blinzelte er und nahm einen schnellen, ruckartigen Schluck aus einer Coladose, wobei manchmal etwas auf den Schreibtisch tropfte, wo ein Papierhandtuch lag, mit dem er es wegwischte.

Ich war nervös, als ob ich auf die Rückgabe einer Semesterarbeit wartete, in der ich ein paar Zitate getürkt hatte, denn ich hatte die Daten meiner Kurzjobs ein bisschen gestreckt, damit es so aussah, als hätte ich den ganzen Sommer gejobbt. Um mich also abzulenken, fing ich an, mich sorgfältig umzusehen – eine Gewohnheit, die mich mein Dad gelehrt hatte.

Auf dem Kalender, der hinter Spiro hing, hielt eine Puppe in einem Badeanzug auf einem Kissen eine goldene Niete, dass man denken konnte, sie sei der kostbare Diamant von Pittsburgh. Darunter waren etliche riesige Bücher, in denen Zettel steckten, aufgereiht. Auf den Aktenschränken und Computern waren all diese kleinen Figuren aufgestellt – ein Mädchen auf einem Fahrrad, ein Kind auf der Schaukel, ein Bursche, der auf eine Barglocke haut, und vielleicht noch zwanzig weitere – alle aus lauter Bolzen und Muttern zusammengesetzt.

Draußen vor der Bürotür liefen echte Menschen, bleich vom Neonlicht, mit Papieren in den Händen herum oder hockten wie festgeschweißt vor Computerbildschirmen. Weiter hinten konnte ich in das Lager sehen, wo graue Typen im Dämmerlicht Karren herumschoben. Nach einer Minute, in der mein Magen wie eine Kaffeemaschine gurgelte, da ich seit dem Mittagessen nichts mehr gegessen hatte, sprach Spiro:

»Reynolds schickt Sie?«, fragte er, ohne aufzusehen.

»Er hat mir von dem Job erzählt«, sagte ich, was natürlich nicht dasselbe war, aber Spiro schien das nicht zu merken. Er seufzte stattdessen und sah mir ins Gesicht.

»Mr. Thackeray, ist das *alles,* was Sie an Erfahrung haben?«

»Alles?«, wollte ich sagen. Wenn Sie *all* meine Erfahrungen wissen wollten, hätte ich alles aufgeschrieben, was mein Dad mir über das wirkliche *Sehen* beigebracht hat, oder ich hätte Ihnen die Zeichnungen gezeigt, die ich auf dem Anwesen von den Maiglöckchen gemacht habe, die unter dem großen Baum wuchsen, oder die Schlüpfstellen der Kaulquappen im Strider-Teich. Ich hätte Ihnen das dicke Fotoalbum mit meinen Skizzen von dem Hirsch mitgebracht, der dort morgens zum Trinken hinkam, oder die, die die steilen, schwarzen Linien der Baumreihen im Schnee auf den freien Feldern am Snake Creek zeigen. Oder ich hätte die Storyboards für meinen Dokumentarfilm dazugepackt, die Sie sich besser sichern sollten, bevor Hollywood sie zu sehen bekommt.

Aber stattdessen sagte ich: »Jawoll, das ist alles.«

Er machte ein finsteres Gesicht, fing sich dann aber wieder. Danach fragte er

Ob ich fahren könne?

Ja.

Ob ich Drogen nähme?

Aspirin.

Ob ich nächste Woche anfangen könne?

Die Schule würde dann aus sein, was konnte ich also anderes antworten als »Ja«? Er machte sich ein oder zwei Notizen, nahm noch einen kräftigen Schluck Cola und starrte mir so lange in die Augen, bis ich wegsah.

»Wir haben einige große Projekte in Aussicht«, sagte er. »Ich hoffe, Sie gehören nicht zu diesen Typen, die Angst haben vor einem bisschen harter Arbeit.«

Ich sagte, das hätte ich nicht, und wollte hinzufügen: »Aber ich schaue jeden Abend noch unter meinem Bett nach ihr, um ganz sicher zu sein.« Dann dachte ich, dass er es doch nicht kapieren würde. Schließlich stand er auf und ergriff meine Hand, während er mit seiner anderen meinen Ellenbogen packte, als ob er mich in einen Hammergriff nehmen wollte.

»Sie werden von uns hören«, sagte er und benutzte den Griff, um mich zur Tür hinauszuschieben.

Erst als ich schon fast zu Hause war, merkte ich, dass ich nicht mal gefragt hatte, was sie zahlten.

»Nun, wie lief es?«, sagte meine Mom, sobald sie an diesem Abend zur Tür hereinkam. Ich fragte nicht mal, woher sie es wusste. Ich bin sicher, Emilys Mutter hatte ihr alles erzählt.

»Ich weiß nicht«, sagte ich. »Sie sagten, dass sie von sich hören lassen.«

»So ein ›Rufen Sie nicht uns an‹?«, fragte sie, noch in ihrem »Tod einer Handlungsreisenden«-Outfit, während sie auf dem Küchentisch die Post durchging. Sie hatte diesen blöden Job in der City, wo den ganzen Tag Leute kamen und sie anschrien, und sie brauchte gewöhnlich eine Weile, um sich wieder zu fangen.

»Das haben sie nicht gesagt«, antwortete ich und versuchte so zu tun, als ob es mich wahnsinnig interessierte, wann genau das Spagettiwasser zu kochen begann.

»Nun, was haben sie gesagt?«, sagte sie und versuchte so zu tun, als ob sie wahnsinnig interessiert sei an dem Fünfzigprozentgutschein des Käse-des-Monats-Clubs.

»Nicht viel, eigentlich.«

»Sah es aus wie ein Ort, an dem du gern arbeiten würdest?«, sagte sie.

»Mom«, sagte ich, »ich weiß nicht. Das weiß ich wirklich nicht.«

Sie ließ die Post auf den Tisch fallen und kam zu mir an den Herd. Pech für mich, dass ich zwar mit meinem Vater darin übereinstimme, dass Arbeit eine durchnässte, braune Tüte mit grünschimmeligem Fleisch war, meine Mom aber andere Vorstellungen davon hat. Sie denkt, Arbeit würde meinen Charakter bilden und mir Selbstvertrauen geben, mir eine gute Haltung verschaffen und mich an gepflegte Kleidung gewöhnen, sei gut dafür, dass Warzen schrumpfen und mein Fell glänzt. Aber einmal, als ich meinen dritten Sommerjob hingeschmissen hatte und sie total am Boden zerstört war, ließ sie den wahren Grund heraus: »Neal«, sagte sie, »du musst weiterkommen mit deinem Leben.«

»Ich weiß, es war hart für dich, Neal«, sagte sie jetzt, »aber du kannst nicht einfach den ganzen Sommer lang herumsitzen.«

»Mom«, sagte ich. »Das habe ich auch nicht vor. Wenn dies nicht klappt, werde ich etwas anderes versuchen.«

Sie legte ihre Hand auf meine Wange, so wie damals, als ich mit zehn vom Rad gefallen war. Ich schüttelte ihre Hand ab.

»Sieh mal«, sagte sie. »Ich fürchte, ich weiß gar nicht mehr, wie ich mit dir reden soll.«

Sie stand für ein paar Sekunden da, als ob sie darauf wartete, dass ich ihr entgegenkam, aber ich sagte nichts.

Ich wollte sagen, dass es sowieso Dad gewesen war, der das Reden bei uns besorgt hatte, und dass das immer noch so sein könnte, wenn *sie* nicht darauf bestanden hätte, dass er den Job als Hausmeister kündigte und wir das Anwesen verließen.

Sie beugte sich vor, um mich auf die Stirn zu küssen.

»Mom«, sagte ich, während ich ihr auswich, »das Wasser kocht.«

Ob ihr es glaubt oder nicht, ich hatte wohl gerade eine Glückssträhne. Am Tag darauf riefen sie an und sagten, ich hätte den Job.

VIER

Auf dem ersten Bild – eine Totale von der anderen Straßenseite aus – seht ihr mich vor einer riesigen, mit Graffiti verzierten Lagerhauswand entlanglaufen, unter einem großen, roten Schild »OK Bau- und Großhandelsgesellschaft«, und dann in einen dunklen Personaleingang hineingehen.

Als Nächstes kommen einige Nahaufnahmen:

Eine Hand, die eine Stempelkarte mit meinem Namen darauf aus einem Fach zieht.

Die Stempeluhr, die genau 8.00 Uhr morgens anzeigt und »klack« macht, als die Karte hineingeschoben wird.

Halbtotale: Mr. Spiro tritt aus seinem Büro und bedeutet mir, mit ihm zu kommen.

Dann seht ihr einen glatzköpfigen Typen mit superdicken Brillengläsern in einem grauen Overall, der hinter einer Theke steht. Er hat einen Bleistift hinter jedem Ohr und isst nervös Erdnüsse aus einer braunen Tüte, als Spiro und ich ins Bild kommen.

»Das ist Lou«, sagt Spiro. »Ihr Vorgesetzter.«

»Ich höre gerade mit dem Rauchen auf«, sagt Lou und senkt den Blick. Es folgt ein Schwenk auf einen Aschenbecher, in dem sich aufgebrochene Erdnussschalen häufen.

In der nächsten Halbtotale greift Lou unter die Theke und holt einen Eimer und einen Scheuerbesen hervor. Beides gibt er mir.

»Kommen Sie mit«, sagt er.

Dann sind wir wieder in einer Totale von der anderen Straßenseite und ihr seht mich und Lou aus dem Personaleingang kommen.

»Das ist Ihr Job«, sagt Lou und deutet mit dem Kopf auf die graffitibedeckte Wand.

»Was?«, sage ich.

»An die Arbeit«, sagt er. »Schrubben Sie so viel runter wie möglich«, und er macht kehrt und geht.

In diesem letzten Bild seht ihr mich seufzen. Dann tauche ich den Schrubber in den Eimer und beginne zu schrubben.

Das sind, natürlich, meine ersten paar Stunden bei der OK Bau – in der Storyboard-Fassung.

Mit Bhandaru im Kopf habe ich anscheinend angefangen, mein ganzes Leben in Storyboards zu packen – Erfahrung, Erinnerungen, Träume –, was auch immer. Vielleicht ist das nicht die beste Methode, die Dinge in den Griff zu bekommen, aber es hilft, die Zeit herumzukriegen.

Die Wand war voller Zeichnungen und anderem Zeugs, sie sah aus wie ein straßenlanges Comicbuch. Die Superknirpse, die die Schule um die Ecke besuchten, mussten sich ja wahrhaft kaputtgelacht haben, als sie sich mit ihren Farben auf dieser großen, leeren, grauen Gebäudewand ausgetobt hatten.

Ich schätze, wie tief ich gesunken war, wurde mir klar, als ich niederknien musste, um ihr falsch geschriebenes Gekritzel wegzuschrubben (»Freulain Poleta fikt«). Ich schaute mich alle Augenblicke um, weil ich fürchtete, jemand von meiner Schule könne vorbeikommen und mich sehen.

Komisch, aber ich kann mich nicht erinnern, je gehört zu haben, dass diese supertollen, findigen Computer-Krösusse so anfangen. Dass sie ihre Ärmel in einen Eimer mit schmutzigem, grauem Wasser tauchen. Dass sie sich ihre olivenfarbenen Baumwollhemden von oben bis unten mit Seifenlauge bespritzen, während sie ein großes, dreckiges Gebäude abschrubben. Um die Mittagszeit dieses ersten Tages wusste ich jedenfalls, dass der Job bei der OK Bau- und Großhandelsgesellschaft eine ganz besondere Erfahrung werden würde. Ich kam gerade in die Kantine, als der lange Picknicktisch, an dem die Lagerarbeiter saßen, am einen Ende zusammenkrachte und eine Wand aus Doughnuts, Kunststofftassen, Flaschen und Packpapier auf einer Flutwelle aus verschüttetem Kaffee den Tisch hinunterschwappte und sich die feuchte Schweinerei über etliche der Arbeiter ergoss.

Ich Dummkopf hatte bis dahin immer noch an »Leben und leben lassen« geglaubt. Ich hatte die verrückte Vorstellung (Okay, her mit der Narrenkappe!), dass Leute, die zusammenarbeiten müssen, versuchen, miteinander auszukommen. Aber ich hätte kaum falscher liegen können.

Ihr müsst wissen, im Grunde gehörten die Arbeiter bei der OK Bau zwei feindlichen Armeen an:

Die Lagerleute, die die Bestellungen aufnahmen und alles herbeischafften von der Toilettenschüssel und Zwei-Cent-Bolzen bis hin zu Ventilen, die so groß waren wie Autos, und winzigen Kontrollchips, die man glatt aus Versehen durch die Nase einatmen konnte, wenn es mal dumm lief. Diese Typen litten an Koffeinvergiftung, rannten in alle Richtungen, füllten Bestellzettel aus und kurvten auf ihrem Gabelstapler mit zuckendem Warnlicht und hupender Hupe die Gänge entlang.

Dann waren da die Typen von den Monteurtrupps – Zimmerleute, Klempner, Elektriker. Die waren viel lässiger, kauten auf Zahnstochern und rissen Witze, während sie am Morgen ihre Aufträge entgegennahmen, bevor sie zu ihren Lastwagen hinausschlenderten und für den Rest des Tages nach Werweißwohin verschwanden. Wenn die Lagerleute es schafften, einen Wasserhahn so zu manipulieren, dass der Strahl einem Monteur ins Gesicht schoss, wenn er ihn installiert hatte, oder einen Hammer so zu präparieren, dass der Kopf wegflog, herrschte bei ihnen eitel Freude, und sie grinsten.

Wenn es einem Monteur gelang, einen Klo-Türknopf so loszuschrauben, dass einer der Lagerleute in der Falle saß, oder wenn er, sagen wir, den Kantinentisch so bearbeitete, dass er zusammenbrach, wenn die Lagerleute sich zum Essen niederließen, dann gab es auf ihrer Seite Schenkelklopfen und Glucksen.

Als der neue Angestellte, der zwischen all dem von Job zu Job hüpfte, war ich wie einer dieser schielenden Blödis, die losgeschickt werden, um ihre Einzahlungen für die Weihnachtskasse zu machen, und bei einem Banküberfall als Geisel genommen werden.

Und natürlich geht am nächsten Morgen, während ich einen mit Bestellungen hochbeladenen Karren schiebe, ein Rad ab, und wie bei einem Autounfall kracht der ganze Riesenhaufen an Waren herunter. Für den Fall, dass jemand dies verpennt haben sollte, fängt auch noch so ein Monster-Kanaldeckel an, sich zwischen den Schreibtischreihen im Verkaufsbüro wie eine riesige Münze zu drehen und kippt dann um.

Ich sehe, dass jemand den Stift herausgezogen hat, der das Karrenrad hielt – das Ding fällt doch nicht ganz von selbst raus, oder? Also setze ich das Rad wieder rauf, stecke einen gekrümmten Nagel als Halt rein und sammle all die Sachen wieder ein.

»Pech, Geldei.« Es ist Vinnie, der Gabelstaplerfahrer – der Typ, der mir am ersten Arbeitstag einen ganz heißen Fernseher zu verkaufen versucht hat. (»Noch im Karton, Mann«, schaut nach rechts und links, während er draußen in der Ladebucht an seiner Zigarette saugt. »Ich kenn einen, dem aus Versehen ein paar vom Laster gefallen sind. Gute Gelegenheit, Mann. Die solltest du dir nicht entgehen lassen.«)

Ich schätze, als ich ihm sagte: »Tut mir Leid, kein Interesse«, ich müsse mein Geld fürs College sparen, war das eine doppelte Beleidigung.

»Okay, Geldei, behalt deine Glückstaler, College-Boy«, sagte er. Seitdem nennt er mich dauernd so – »Geldei«. Vorhin, zum Beispiel: »Augen auf, Geldei!«, als er mich um ein Haar mit seinem Gabelstapler überfahren hätte.

Aber trotz allem, ich schwöre, dass ich durchhalten werde.

Mein nächster Job brachte mich noch weiter runter. Ich will es mal so ausdrücken: Wenn das OK-Lagerhaus einen Einlauf bräuchte, dann wäre das die Stelle, an der sie das Rohr reinstecken würden.

Mr. Spiro selbst bringt mich in dieses finstere Loch hinüber, damit ich enge Freundschaft schließen kann mit einer gigantischen Pyramide aus Kartons, die ungefähr zur Entstehungszeit der ägyptischen Originale bis unter die Dachbalken aufgehäuft wurden.

Er sagt, dass ich diesen Berg dreckiger Kartons zerlegen und zu Ballen verpacken soll, und er »möchte nicht erleben, dass hier unten irgendwelcher Blödsinn getrieben wird, denn noch ist es nicht zu spät, jemand anders anzuheuern, der bereit ist, ehrliche Arbeit zu leisten«.

Inzwischen, ob ihr es glaubt oder nicht, bin ich echt bereit, es ihm zu zeigen. Es ist wie damals, als Guernsey, der Kunstlehrer, mich nicht mal informiert hatte über den Landes-Kunstwettbewerb. »Es war in der Durchsage«, sagte er. Klar, aber ein paar andere Typen hatte er extra darauf angesprochen. Ich arbeitete Tag und Nacht und brachte ihn dazu, mich trotzdem anzumelden mit einigen meiner Storyboards, die ich koloriert hatte wie diese Zeitungscartoons. Und ich kam zwar nicht bis in die Landesausscheidung weiter, aber ich wurde immerhin ungefähr Dritter im ganzen Kreis.

Also bin ich begierig darauf, Spiro zu zeigen, dass ich einen guten Job machen kann. Den ganzen Tag schneide, falte und bündele ich, sodass mein Rachen schon ganz schwarz ist und ich so viele Dreckklumpen heraushuste, dass es mehr als genug ist für eine ehrliche Arbeit.

Als ich am nächsten Morgen an die Stempeluhr komme, finde ich eine Nachricht an meiner Zeitkarte: »Bei Mr. Spiro melden.«

Ich wusste es! Eine Spitzenleistung! Und jetzt, da sie merken, was ich wirklich kann, warten der Fahrstuhl für Managerblitzkarrieren, ein vergoldetes Türschild und Gratis-Heißwachs-Gutscheine für den Firmenwagen auf mich.

Aber stattdessen sah Spiro aus, als hätten sie ihm Chilipfeffer in seine Hämorridensalbe gemischt. (Schaut nicht *mich* so an.)

»Thackerey«, sagte er und klang merkwürdigerweise wie Mr. Reynolds, »haben Sie all diese Pappe zu Ballen gebündelt?«

Ich sagte, das hätte ich, und reckte die Brust heraus für den Fall, dass sie mehr Platz für die Orden brauchten.

»Und haben Sie sie auf die Laderampe hinausgebracht?«

Hatte ich. Sauber an der Wand aufgestapelt.

»Nun, ich weiß nicht, was für ein Idiot die Pappe vorsätzlich die ganze Nacht draußen im Regen lassen würde. Sie sehen mir nicht so dämlich aus. Aber jemand muss dahin zurückgehen, die Ballen öffnen und die Pappe zum Trocknen ausbreiten.«

Hätte ich ihm erzählen sollen, dass Vinnie es gewesen war, der mir gesagt hatte, dass ich alles über Nacht draußen lassen solle, damit die Recyclingfirma es morgen, bevor wir öffneten, abholen könnte? Und dass ich danach nie wieder an die Pappe gedacht hatte, während ich zu Hause gemütlich eingekuschelt zu dem Pitsch-Patsch der Regentropfen auf dem Dach über meinem Etagenbett geschlafen hatte?

»Zum Trocknen?«, sagte ich.

»Sie glauben doch wohl nicht, dass wir das alles wegwerfen, nachdem wir Sie dafür bezahlt haben, es zu retten, oder? Wir bekommen keinen Cent von der Recyclingfirma, wenn es feucht ist, also raus mit Ihnen und an die Arbeit.« Er wollte einen Schluck von seiner Cola nehmen, merkte aber, dass die Dose leer war, und feuerte sie in den Papierkorb. »Sofort!«, fügte er hinzu, da ich immer noch mit offenem Mund dastand. Ich bin ein bisschen langsam, schätze ich, denn erst als ich das Band um die Ballen aufschnitt und die durchweichte Pappe abschälte, erst da fühlte ich, dass mein Nacken rot anlief und zu glühen begann, und etwas formte mein Kinn und meinen Mund zu einem Ausdruck, der kein Lächeln war. Aber um zu beweisen, dass ich durchhielt, schluckte ich alles hinunter.

Ich legte das Zeug zum Trocknen aus, in der zweiten Ladebucht – nach den Müllhaufen am Tor zu urteilen, schien sie nicht sehr oft genutzt zu werden – und auch auf dem riesigen, ungepflasterten Seitengelände, auf dem die großen Laster bei Hochbetrieb darauf warteten, dass sie mit Entladen drankamen.

Während ich arbeitete, tauchte Vinnie in einem der Kleinlaster auf, heftig am Lenkrad kurbelnd, während er über der

Pappe, die ich ausgebreitet hatte, zurücksetzte. Er ließ einen mageren Arm aus dem Fenster hängen, und ich konnte ein verwischtes, grünes Tattoo sehen, einen Dolch, um den sich eine Schlange windet, und darunter ein paar verschwommene Wörter. (»Born Too Loose?«)

»Hat's geregnet, letzte Nacht, Geldei?«, sagte er und schielte boshaft durch die Haarbüschel, die auf sein Gesicht gepappt sind und die er als Bart ausgibt.

»Ja«, sagte ich und am liebsten hätte ich *ihn* unter einer der Pappen zum Trocknen ausgebreitet.

»Nun«, sagte er und trampelte, nachdem er aus seinem Laster gestiegen war, über ein paar weitere Pappen, »du scheinst ja deinen Platz hier gefunden zu haben … ganz unten. Hä, hä, hä.« Letzteres war kein Lachen, sondern etwas, das er immer von sich gab, wenn er glaubte, was Witziges gesagt zu haben.

Ich biss mir auf die Zunge und ging zurück ins Dunkel des Lagerhauses.

FÜNF

»Nun, das ist gut, dass du dich nicht mit ihm angelegt hast, Neal«, sagte Emily, als ich ihr am Nachmittag darauf alles erzählte, was auf der Arbeit passiert war. »Vinnie scheint ja ein echtes Kriechtier zu sein – gefährlich obendrein. Und wenn du in eine Prügelei geraten wärest… Ich wette, dieser Spiro-Typ hätte dir Reynolds auf den Hals gehetzt.«

»Ja, genau, und sie hätten mir meine angespitzten Buntstifte weggenommen, mich in Arrest gesteckt, bis ich dreißig bin, und ein großes, missbilligendes Gesicht in meinen Lebenslauf gestempelt.«

Emily machte ein ziemlich irritiertes Gesicht, während sie uns auf der alten, ramponierten Schaukel vor und zurück bewegte. Anscheinend gab ich ihr nie die Art von Antworten, die sie erwartete.

Aber nach dem Motto: »Wenn du was falsch gemacht hast, dann setz noch einen drauf«, legte ich nach. »Spiro hat mir nie gesagt, was ich mit all der Pappe machen soll, wenn ich sie gebündelt hatte. Und ich schwöre, es war Vinnie, der das Rad an diesem Karren präpariert hat. Und ich finde, mich all diese alten Kartons zerschneiden zu lassen… ist das vielleicht alles, was ich –«

»Neal«, unterbrach sie mich und legte mir ihre kühlen Finger auf die Lippen. »Sie testen dich, merkst du das nicht? Diese blöden Jobs sind nur der Anfang. Sie wollen sehen, wie gut du Anweisungen ausführst. Wenn du diesen Job gut machst…«

»Ich weiß, ich weiß«, sagte ich. »Dann vertrauen sie mir auch die besseren an.«

Emily hob beide Augenbrauen, ihr Mund lächelte nicht, sie musterte mich genau, um zu sehen, ob ich es wirklich kapiert hatte.

»Aber das ist doch alles nur dazu da, einen kleinzukriegen«, platzte ich heraus, weil ich mich in die Ecke gedrängt fühlte, »einen guten Bürger aus einem zu machen, einen begeisterten Treibriemen auf der Maschine des Lebens, eine ausziehbare Treppe ins Dachgeschoss des Todes.«

»Neal, seit du an diesem Filmkurs teilnimmst…« Sie beendete den Satz, indem sie den Kopf schüttelte.

Was ich Emily wirklich zu sagen versuchte, war, dass ich mich mit diesem Job endlich aus der Rubrik »nutzlos« hinausbringen wollte. Wisst ihr, in den sechs Jahren, seit mein Vater starb, ist »nutzlos« nämlich zufällig zur Ein-Teil-Oder-Weniger-, Cash-only-, Expresskassen-Zusammenfassung meines Lebens geworden.

Seit er gleich neben dem Bett auf dem Boden gelegen hatte und meine Mutter schrie: »Ruf die 110 an. Ruf die 110 an« – seitdem bin ich nie mehr besonders nützlich gewesen. Meine Hände zitterten so heftig, dass ich aus Versehen die Nummer der Auskunft wählte. »Welche Stadt?«, fragte die Telefonistin mich immer wieder und ich nannte ihr jedes Mal unsere Straße und Hausnummer. Wenn mir nur eingefallen wäre, nach nebenan zu laufen und jemanden um Hilfe zu bitten… Aber selbst die Notärzte sagten, dass man bei so einem schweren Herzanfall sowieso nur *sofort* helfen könne und mit speziellen Geräten und den richtigen Medikamenten. Natürlich frage ich mich immer noch, ob sie das nicht nur gesagt haben, damit ich mich besser fühlte.

Es hat nicht funktioniert.

Der einzige Lichtblick in dem Ganzen war Emily. An den schwärzesten Tagen nach dem Tod meines Vaters, als niemand sonst mit mir sprechen konnte oder wollte, war sie da, und sie stand alles mit mir durch, die beste Medizin gegen mein Elend. Über die Jahre hat sie versucht, mich da herauszuziehen. In der letzten Zeit ist sie sogar richtiggehend eigensinnig geworden, was Selbstentwicklung angeht – meine, versteht sich.

Wie gesagt, Emily war mir so gut wie versprochen, seit wir zusammen geboren worden waren. Es gibt sogar ein Foto von uns beiden, wie wir nebeneinander im Krankenhaus im Kinderbett liegen. Als wir größer waren, haben wir Papa und Mama und Doktor gespielt. (»Durchsage für Dr. Thackeray. Gründliche Untersuchung im Keller erforderlich.«) In der sechsten Klasse haben wir im Sozialkundeunterricht sogar geheiratet und mussten uns eine Woche lang zusammen um ein hart gekochtes Ei kümmern. (Ich vergaß es zu Hause auf dem Tisch, und unser Hund fraß es mitsamt der Schale auf, da habe ich ein anderes gekocht, und keiner hat was gemerkt.) Und obwohl keiner von uns es je ausgesprochen hat, sieht es so aus, als wäre die richtige Hochzeit fällig, sobald wir das College beendet haben.

Emily-kein-Unsinn-offen-heraus-Johnston ist ein tolles Ding – einer dieser »Du kriegst, was du siehst«-Menschen. Die Verpackung lügt nicht und sie ist ziemlich attraktiv. Ohne Schuhe gemessen, ist Emily genau so groß wie ich. Sie trägt ihr Haar kurz und schlicht, und ihr Haar würde mir wahrscheinlich nicht einmal auffallen, wenn sie es nicht mit einem knalligen Rot färben würde, das es in der Natur gar nicht gibt. Ihre Augen sind haselnussbraun und blicken offen, nicht wie in den Zeitschriften, wo sie ihre Lider manchmal grün anmalen oder so, sondern sie haben eine natürliche Lebendigkeit. Ihre Nase ist ein bisschen eine Himmelfahrtsnase, und ihr Mund – nun, ihr Mund –, der ist wirklich eine Welt für sich. Er ist breit und einladend, und sie hat eine Art, sich auf die Unterlippe zu beißen, die mich dazu bringt, mir auf meine zu beißen.

»Neal, wir kommen im Herbst in die Anschlussklasse«, sagte Emily mit ihrem einladenden Mund. »Wir müssen erwachsen werden.«

»Aber ich werde erwachsen«, sagte ich und wechselte vom »wir« zum »ich«.

»Ja, wie bei der Sache mit dem Fisch?«, sagte sie.

Das war ich nicht, sagte ich. »Ich schwöre es. Ich weiß, dieser Lagerjob ist nur ein Sommergastspiel, aber …«

»Ich bekomme langsam Angst, Neal.«

»Vor dem Fisch?«, dachte ich. Mit Emily zu reden war neuerdings, als ob man auf einer langen Autofahrt, auf der man die Frequenzen nicht kennt, das Radio einzustellen versucht.

»Wegen meines Jobs?«, sagte ich, als sie für eine Weile nichts sagte.

»Wegen allem«, sagte sie. »Zum Beispiel müssen wir uns langsam fürs College bewerben. Und bei den Wirtschaftscolleges muss man sich sogar noch früher bewerben.« Sie sah mich von der Seite an.

Ich sollte erwähnen, dass zu Emilys »Programm für mich« gehört, dass ich mich auf dem College für etwas Nützliches einschreibe – BWL, zum Beispiel –, was für sie wohl so etwas ist wie eine Art Grundausbildung bei der Army, die ein wenig Verantwortung in meinen sturen Schädel hämmern wird. Aber mal abgesehen davon, was ich Vinnie erzählt hatte, »dass ich fürs College spare«, fragte ich mich doch, ob ich bei einem Wanderzirkus nicht vielleicht besser aufgehoben wäre.

»Ich gehe diesen Sommer auf Campus-Tour«, sagte sie.

»Und davor hast du Angst?«, fragte ich.

»Und um uns«, sagte sie.

Jetzt waren also wieder »wir« dran.

»Uns geht's doch gut«, sagte ich und versuchte, mich mit dieser allgemeinen Feststellung durchzumogeln.

»Aber wir stecken irgendwie fest«, sagte sie. »Wir brauchen ein Ziel.«

Noch ein Seitenblick. War das eine Einladung? Ein Versprechen? Eine Drohung? Schwer zu sagen.

Ich sollte zunächst einmal erklären, wo wir überhaupt feststeckten. Wir waren in ihrer Gegend herumspaziert und von der Parallelstraße über einen freien Bauplatz in den Schuppen hinten auf ihrem Grundstück gelangt – in einen dieser Ställe, in denen Väter ihre Rasenmäher, Kettensägen und andere Zeichen ihrer väterlichen Autorität unterbringen. Wir hatten uns auf die ramponierte alte Schaukel gesetzt, die dort abgestellt war, und dann…

Nun, wisst ihr, zumindest in eine weitere Sache hat Emily mich auch eingeweiht.

Obwohl ich in Sozialkunde eine Menge über die Sitten und Gewohnheiten von Leuten in anderen Ländern gelernt hatte, gab es in meiner unmittelbaren Nachbarschaft Leute, die ich jeden Tag sah und über die ich ungefähr so viel wusste wie über:

Wählt eines aus:

a) Wie man ein Atom-U-Boot baut;

b) die Paarungsrituale der Bauchfüßler;

c) die Innenseiten meines Integralrechnungsbuches;

d) alles oben genannte zusammen.

(Habt ihr »d« gewählt? Dann habt ihr ein tolles Plastikschiffchen gewonnen.)

Der nicht einmal einen Quadratmeter große Oberflächenbereich, den jedes Mädchen mit sich herumträgt, war ein unberührtes Gebiet (in einigen wenigen Fällen jedenfalls), über das ich sehr wenig wusste. Es war ein Gelände, das sich allein an meiner Schule zu ein oder zwei Tennisplätzen addierte, und ich war ein bisschen spät dran, es zu erforschen.

Spät zumindest im Vergleich zu anderen Typen. Wenn man nur die Hälfte von dem glaubte, was sie erzählten, jedenfalls. (Und wenn ihr *das* glaubt, kann ich euch gleich einen Einseraufsatz über »Die Paarungsrituale der Bauchfüßler« verkaufen.)

Und dann, drei Jahre, nachdem mein Vater gestorben war, als ich dreizehn wurde, bot Emily mir an – nein, sie bestand darauf –, mir als mein Führer durch dieses unbekannte Land zu dienen. Für die Zeit, in der ich mit ihr dort unterwegs war, für diese gestohlenen Stunden in dem Gartenschuppen, verlor ich mich selbst. Vergaß die Schule und die Arbeit und meine Mom und, ja, sogar meinen Vater für ein paar kurze Augenblicke.

Aber die ganze Zeit hatten ihre Führungen, abgesehen von all den Dingen, die man tun kann mit seinen Kleidern an und trotz meiner Versuche weiterzugehen, gewöhnlich an den Grenzen der tiefsten unbekannten Regionen gestoppt.

Nicht dass Emily kalt war oder so was – sie war weit entfernt davon. Es war nur so, dass die praktische Seite in ihr auch einen Großteil ihrer Außenseite einschloss.

In ihren BWL-Anfängerkursen hatte sie gelernt, dass mündliche Zusicherungen nicht das Papier wert sind, auf dem sie gedruckt sind. Sie wollte erst Diplome und Zeugnisse sehen, bevor ich – oder irgendjemand anders, schätze ich – weiter vordringen durfte. Es sei denn, ich überzeugte sie vom Gegenteil, natürlich, und ich war nicht sehr überzeugend.

»Es würde mich sehr beruhigen, wenn du diesen Job den ganzen Sommer über behalten könntest«, sagte sie. »Wenn du das schaffst, könnte ich vielleicht wirklich glauben, dass du dich weiterentwickelst.« Emily guckte verträumt, als sähe sie mitten hindurch durch die 150-Kilo-Säcke mit Kuhdünger, die an der Schuppenwand aufgestapelt waren. »Ich weiß nicht, wohin wir gerade driften«, sagte sie. »Aber wir müssen uns in Bewegung setzen.« Sie sah mich viel sagend an.

Deutete sie an, was ich hoffte? Wenn ich mich weiterentwickelte und diesen Job behielt, würde ich dann ein paar mehr Stempel in meinen Pass bekommen?

»Komm her«, sagte sie lächelnd, bevor ich mir überlegen konnte, wie ich sie danach fragen sollte, was sie meinte.

Ich musste ihr nicht sehr weit entgegenkommen.

Aber während wir uns küssten, passierte etwas Komisches. Hatte ich mich vorher nicht immer darin verloren? Hatte ich darüber nicht alles vergessen? Jetzt plötzlich merkte ich, dass ich stattdessen den Text auf den Düngersäcken las:

WARNUNG:
NICHT FÜR DEN MENSCHLICHEN KONSUM.
NICHT FÜR WASSER ODER FEUCHTBÖDEN VERWENDEN
(SÜMPFE, MOORE, MARSCHEN ODER TEICHE).

Ich versuchte, mich zu konzentrieren; mich daran zu erinnern, warum ich sie mochte. Mir fiel ein, was Dad mir mal erzählt hatte: »Ohne deine Mutter wäre ich ein Schnorrer geworden. Du brauchst jemanden, der dir den Weg vorgibt.«

KONTAKT MIT
HAUT, AUGEN UND KLEIDUNG VERMEIDEN.

Und Emily versuchte schließlich genau das. Natürlich musste ich mich an einem College bewerben – am besten an einem Wirtschaftscollege. Natürlich sollte ich alles, was in meiner Macht stand, tun, um diesen Job zu behalten, damit ich mich bewährte und vielleicht mein Schicksal erfüllte, indem ich sie heiratete. Was hatte mich davon abgehalten, das zu sehen?

NACH GEBRAUCH
GRÜNDLICH HÄNDE UND GERÄT REINIGEN.

Wenn überhaupt jemand wusste, wie man realistisch wird; wenn ich mich überhaupt auf irgendjemanden verlassen konnte, dass er mich durch diesen Wust von Träumen auf den festen Boden darunter führen und mich wieder auf den richtigen Weg bringen würde, dann war das Emily Johnston. In der Tat, sie war meine letzte Hoffnung.

NICHT IN REICHWEITE
VON KINDERN UND HAUSTIEREN LAGERN.

Also sollte ich ihren Rat wohl annehmen. Nach einer Weile würden sie mich besser behandeln auf der Arbeit.

Vielleicht testeten sie mich ja wirklich.

DER KÄUFER ÜBERNIMMT JEDE VERANTWORTUNG
FÜR SICHERHEIT UND GEBRAUCH.

SECHS

Am nächsten Tag war die Hälfte der Pappe trocken, doch der Boden musste an einigen Stellen nass gewesen sein, und deshalb war der Rest noch feucht. Aber die Sonne schien so stark, dass Wasserdampf vom Boden aufstieg, deshalb dachte ich, bis zum Nachmittag würde alles trocken sein, und ließ die Pappe liegen. Lou sagte mir, dass Spiro einen neuen »Spezialjob« für mich hatte.

Unten in den Katakomben der Firma gab es einen Abstellraum, in dem alte Klempnerartikel – Rohre, Verbindungsstücke, Knie, Krümmer und anderer ausrangierter Müll – lagerten. Haufen von diesen rostigen, dreckigen Sachen waren über den ganzen Raum verstreut, genau wie ... Habt ihr jemals die Geschichte gelesen von dieser alten Dame, die viele Jahre in einem Haus gelebt hat, in dessen Essraum alles für ihre Hochzeit gedeckt war, die aber nie stattfand, weil der Kerl sich abgesetzt hatte? – Stellt euch das so ähnlich vor, nur dass die alte Dame halt ein Klempner war.

Spiro wollte, dass ich diesen modernden Kram sortierte und eine Bestandsaufnahme machte. Es sah so aus, als müsste ich einige der Sachen nach deren Spurenelementen katalogisieren, so stark waren sie zerfallen. Lou gab mir einen gelben Block und einen dieser kurzen Bleistifte, die man auf Minigolfanlagen bekommt, und sagte, ich solle mich ranhalten.

Ich brauchte bis zum Nachmittag, um auch nur eine Kerbe in den Müll zu graben. Während ich mich abrackerte und immer dreckiger wurde und mit dem Kopf gegen die Glühbirne stieß, die an einem Draht von der Decke hing, begannen meine Augen zu brennen. Ich fing an, das Muster zu durchschauen. Sie testeten mich? Teufel, ich erkannte, dass sie mich nur benutzten, so wie der unheimliche Putzmann Barney seinen muffigen Mopp benutzte, den er herumschob. Wenn ich total erledigt und verdreckt war, würden sie mich wegwerfen und sich einen neuen Jungen holen.

Ich überlegte, was sie wohl als Nächstes mit mir machen würden: mich in Lumpen wickeln und durch den Schornstein ziehen, um ihn zu reinigen? Oder mich all das alte Asbest mit einem Gartenschlauch aus den Wänden spülen lassen? Sie konnten mich natürlich auch in einem Gewittersturm den Fahnenmast hochklettern lassen, um die Flagge von dem eingerosteten Flaschenzug herunterzuholen. Ich kapierte langsam, dass ich, auch wenn Vinnie was anderes gesagt hatte, vielleicht immer noch nicht ganz unten angekommen war.

Es war später Nachmittag, als ich blinzelnd ans Tageslicht zurückwankte, um nach meiner Pappe zu sehen. Als ich in die Ladebucht kam, wusste ich zuerst allerdings gar nicht, was ich sah. Brauner Schnee schien auf das Gelände niedergegangen und in den Maschendrahtzaun geweht worden zu sein. Dann begriff ich, dass das meine Pappe war! Oder besser das, was von ihr übrig geblieben war. Jemand musste mit einem Lastwagen darauf herumgekurvt sein und hatte alles zermanscht und die feuchten Fetzen über den ganzen Platz verstreut.

Lou kam zu mir heraus, sah über seine Schulter und meinte leise: »Mann, diesmal hast du es echt vergeigt, Kumpel.« (Warum brachte ich keinen dazu, mich mit meinem richtigen Namen anzusprechen?) Er gab mir einen Besen und eine Schaufel. »Besser, du machst den Mist weg, bevor Spiro es sieht.«

Also zupfte ich die feuchten Pappestücke aus dem Zaun, während alle anderen sich für den Feierabend fertig machten. Als es fast fünf war, ließ ich meinen Besen fallen und ging. Aber als ich ans Ende der Laderampe kam, versperrte Spiro mir den Weg.

»Nicht so eilig, Thackeray«, sagte er und sah mich mit einem Blick an, als sei ich verdautes Hundefutter, das in seiner Punschbowle trieb. »Ich möchte, dass Sie bleiben, bis Sie fertig sind.«

Bevor ich irgendwas erwidern konnte, machte er kehrt und ging. Während ich arbeitete, wurde ich immer wütender und verwirrter. Es war lange nach fünf, dem regulären Arbeitsschluss, und fast alle waren schon gegangen, als ich das ganze Zeug aus dem Zaun herausgeklaubt und in ein Fass geworfen hatte. Als ich schließlich meine Karte zog, sah ich, dass ein Zettel daran hing:

> Ich hoffe, Sie erwarten nicht, dass wir Ihnen Überstunden dafür bezahlen, dass Sie Ihre eigene Schweinerei weggeräumt haben.
>
> *Mr. Spiro*

Dann sah ich, wann meine Karte abgestempelt worden war: Punkt fünf Uhr.

Spiro hatte tatsächlich meine Karte abgestempelt! Das war's! Der letzte Tropfen. Wieder schoss mir dieser heiße Schwall den Nacken hinauf, der mir unbändige Lust bereitete, irgendetwas kaputtzumachen.

Ich zerknüllte die Karte, stapfte durch das Lager in die

vorderen Büros und hoffte, dass Spiro noch da war, damit ich ihm sagen konnte, was er mit der Karte tun könnte. Inzwischen war es mir egal, ob ich rausgeschmissen wurde und mich an Wirtschaftsschulen bewerben musste oder ob Emily mir den Laufpass gab, wenn ich es nicht tat, oder was Mom dachte. Aber die Büros lagen still und verlassen da.

Ich blieb an einem der Schreibtische stehen, fand einen Block (»OK Bau – Sie wollen bauen? Zuerst bei OK reinschauen!«) und benutzte meinen kleinen Minigolf-Bleistift.

LIEBER MR. SPIRO, schrieb ich in großen Buchstaben, in der Hoffnung, dass die höfliche Anrede ihn dazu verleiten würde, den Rest zu lesen. Dann hörte ich ein Geräusch und schaute mich schnell um. Ich sah niemanden.

Sie halten mich vielleicht für einen Tölpel, den Sie von der Straße aufgelesen haben und der keine andere Wahl hat, als für diesen armseligen Laden…

Wieder ein Geräusch.

Dann entdeckte ich, dass Spiros Tür halb offen stand. Verdammt! War er doch noch da? Dann konnte ich es ihm auch persönlich sagen. Ich wollte hineingehen, aber bevor ich die Türklinke berührte, sah ich sie: Ein Mädchen – vielleicht ein Jahr älter als ich – saß dort drin ganz allein an einem Computer, mit dem Rücken zur Tür. Ihr Haar war glatt und schlicht und braun und hing ihr auf die Schultern. Mein Herz schlug in meiner Brust wie eine Flasche, die auf der Ladefläche eines Pick-ups hin und her rollt.

Das konnte nicht wahr sein.

Sie stand plötzlich auf und ging zu einem Aktenschrank. Ich trat hinter den Türpfosten zurück, aber erst, nachdem ich sie mir genau angeschaut hatte. Es war, als drücke mir jemand auf die Augäpfel. Ich konnte nicht glauben, was ich sah.

Sie war es.

Aber das *konnte* doch nicht wahr sein.

Aber sie *war* es.

Sie war so in ihre Arbeit vertieft, dass sie mich sicher nicht bemerkte. Sie wirkte natürlich viel älter als das das letzte Mal, aber sie *war es bestimmt.*

Und dann, ich weiß nicht genau, warum ich es tat – mein Leben wäre total anders verlaufen, wenn ich es nicht gemacht hätte –, zerknüllte ich die Mitteilung an Mr. Spiro, warf sie in den Papierkorb, glättete meine zerknitterte Zeitkarte und steckte sie in den Schlitz zurück.

SIEBEN

Hier in dieser Totale seht ihr mich, wie ich um die Ecke der (mittlerweile sauberen) Lagerhauswand komme.

Jetzt, immer noch dieselbe Szene, haben mich all die Typen, die dort draußen herumhängen und reden und rauchen, entdeckt und verkrümeln sich eilig nach drinnen, als hätten sie auf einmal ein Feuer unter dem Hintern, das sie auszumachen vergessen haben.

Dann, in einer Halbtotale im Lagerhaus, seht ihr mich, wie ich am Ausgabetisch mit Lou rede: »Was ist los, habe ich eine ansteckende Krankheit oder was?«, frage ich ihn.

Auf dem letzten Bild, in Großaufnahme, schaut Lou mich an und es deutet sich der Beginn eines Lächelns auf seinem Gesicht an. »Wenn sie dich kommen sehen«, sagt er, »wissen sie, dass sie noch genau zehn Sekunden für die Stempeluhr haben.«

»Du bist hier raus«, war das Erste, was Lou am nächsten Tag zu mir sagte, als ich an den Ausgabetisch trat, auf dem sich wieder halb bearbeitete Bestellzettel stapelten.

Ich bekam einen Panikanfall. War's das? Musste ich meinen Eimer wegstellen und meinem Schrubber den Abschiedskuss geben? Dann deutete Lou mit dem Daumen über seine Schulter zu den Montagetrupps hinüber, die auf ihre Aufträge und Materialien für den Tag warteten.

»Du fährst mit mir«, sagte ein Typ namens »Cooney«, der eine höckerige rote Nase hatte und sich seine mit Fettflecken versehene OK-Kappe tief in die Stirn gezogen hatte. Er gab mir eine Schachtel mit Nägeln und ein paar Bohrsachen und schon waren wir in einem der verbeulten OK-Vans unterwegs.

Wir fuhren kreuz und quer durch Nebenstraßen, und Cooney schaute fast die ganze Zeit in den Rückspiegel, als müsse er einen Verfolger abschütteln. Der ganze Krempel im Laderaum krachte hin und her wie eine Schachtel mit Tannenbaumschmuck, die aus dem dritten Stock fällt. Cooney schien ganz mit seiner verrückten Fahrerei beschäftigt zu sein und nicht dazu aufgelegt, meine Fragen zu beantworten, was das alles sollte. Außerdem war es mir sowieso egal. Es war einfach großartig, draußen zu sein und frei und durch die scharfen Linien des Morgenschattens zu fahren, statt eingesperrt zu sein in dem feuchten, düsteren Lagerhaus.

Nach einer Weile fuhr Cooney langsamer und entspannte sich und bald kamen wir auf die Hauptstraße einer nahen Kleinstadt.

Dort warteten schon die anderen OK-Vans, sauber aufgereiht am Straßenrand vor einem Schnellrestaurant. Drinnen in dem Lokal – es hieß »Cup 'n' Spoon« – saßen alle OK-Monteure an der Theke aufgereiht, lachten, erzählten Witze, klopften sich gegenseitig auf die Schulter und riefen nach der Kellnerin.

»Weiß Spiro hiervon?«, fragte ich und deutete mit dem Kopf auf die Leute, die hier saßen, statt zu arbeiten.

Cooney musterte mich eine Sekunde lang. »Sicher«, sagte er.

»Hat er nichts dagegen?«

»Das funktioniert so«, sagte er, während er einen Barhocker unter seinem breiten Hinterteil verschwinden ließ und ich auf den neben ihm glitt. »Er zahlt uns nicht allzu viel und wir arbeiten nicht allzu hart.«

Ohne zu fragen, stellte ein alter Kerl mit einer Baseballkappe, aus der hinten ein grauer Pferdeschwanz herausragte, vor jeden von uns eine Tasse Kaffee auf die nasse Theke, dann wirbelte er herum, holte mit dem Messer zwei der vier Brotscheiben, die genau in dieser Sekunde hochsprangen, aus dem Toaster, beschmierte sie mit demselben Messer mit Butter und warf sie auf einen Teller mit Eiern, die er gerade vom Grill genommen hatte.

Ich sah die Tasse Kaffee an, blickte dann auf und wollte fragen, ob ich stattdessen Tee bekommen könne. Das trinke ich zu Hause normalerweise am Morgen – eine Gewohnheit, die meine Mom von ihrer irischen Mom übernommen hat –, aber bei der Art, wie der Typ das alles durchchoreografiert hatte, wäre es etwa so gewesen, als würde man mitten in einem Ballett aufstehen und um eine Polka bitten – also schüttete ich einen Haufen Zucker hinein und tat, als sei alles in bester Ordnung.

»Für mich auch so was, Jake«, sagte Cooney und zeigte auf einen der Teller, die der Koch zusammenstellte. »Sag ihm, was du haben willst«, sagte er zu mir.

»Das Gleiche«, sagte ich und versuchte cool zu tun. »Aber haben Sie das Ganze mit Rosinenbrot?«

Es war, als käme der Bad Guy durch die Saloontür herein und der Klavierspieler hört zu spielen auf und alle schauen von ihren Karten hoch. Es wurde still im ganzen Laden.

Der Mann drehte sich um und sah uns an. Cooney sah ihn achselzuckend an, was heißen sollte: He, ich bin nicht verantwortlich für ihn.

»Vollkorn?«, fragte der Mann und sah mich aus zusammengekniffenen Augen an.

»Ja, okay«, sagte ich.

Dann begannen alle wieder zu reden, der Klavierspieler spielte weiter und die Kartenleute auch.

»He, Cooney«, brüllte ein Typ vom anderen Ende der Theke herüber. Man konnte ihn kaum verstehen durch den Lärm der Stimmen und das durchdringende Gequietsche der Barhocker. »Bist du immer noch dran an dem Job bei Pelham?«

»Wie heißt sie, Cooney? Hast du das schon rausgefunden?«, fragte ein anderer, bevor Cooney antworten konnte.

»Ja«, sagte Cooney zu dem zweiten Typ, »sie heißt Fatima. Genau wie deine Frau.«

»Das ist wirklich ein großartiger Job«, sagte der erste Typ, während der zweite ein finsteres Gesicht machte und die anderen lachten.

Da ich am Ende saß, ignorierten mich die anderen praktisch, und ich verbrachte die Zeit damit, dem Mann hinter der Theke bei seinem kleinen Tanz zuzuschauen. Es war sehenswert, wie er das machte. Mit keiner Bewegung zu viel. Er stellte eine Tasse unter den offenen Hahn der Kaffeemaschine, ließ ein paar Scheiben Weißbrot in den Toaster fallen, nahm die Tasse, bevor sie überfloss, brachte sie zur Theke und stellte eine neue unter den Hahn, während er von dem Haufen orangefarbener Bratkartoffeln ein paar auf den Grill zog mit etwas Speck und einigen Eiern, die gerade fertig wurden. Er schaufelte sie auf einen Spachtel, ließ sie auf einen Teller gleich neben dem Toaster gleiten, aus dem im selben Moment die nächsten Scheiben heraussprangen, wirbelte herum – die jetzt volle zweite Tasse in der Hand – und ließ die Tasse und den Teller die Theke hinuntersegeln, wo einer der Klempner sie auffing und sich drüber hermachte, ohne auch nur zu blinzeln.

Hier war einer, der keine Probleme mit seinem Job zu haben schien. Eines Tages musste ich herausbekommen, wie er das schaffte. Gewöhnlich bringe ich nach dem Aufwachen nicht gleich etwas hinunter, und ich esse dann in der Pause etwas an meinem Spind – zum Beispiel ein Stück kalte Pizza. Aber jetzt war ich seit einer Stunde oder so auf und war glücklich, als ich das Klappern eines Tellers hörte und gleich darauf vor mir das Essen und die zweite Tasse Kaffee sah. »Hast du das Boot schon?«, fragte ein dunkler Mann mit gekräuselten Haaren, den Cooney »Klots« genannt hatte.

Cooney trank von seinem Kaffee. Sein Teller sah aus wie ein Kneipenfußboden nach einer zünftigen Schlägerei. »Isst du das Gelee?«, fragte er.

»Bedien dich«, sagte Klots.

Cooney löffelte hingebungsvoll das Gelee aus dem kleinen Behälter, der auf dem Ozean seiner Riesenflosse selbst wie ein winziges Boot aussah. »Wenn du meinst, ob ich Albträume habe, nur weil ich nicht an deine alte, quadratische Badewanne rankomme, vergiss es.«

»Ich hab dir gesagt, dass ich es nicht verkaufe«, sagte Klots.

»Und ich kaufe es nicht«, sagte Cooney.

»Was suchst du denn überhaupt?«

»Keine Ahnung.« Cooney schob sich eine ganze Toastscheibe in den Mund.

»Übrigens«, sagte Klots und griff in seine Hemdentasche, »ich bin letztes Wochenende mal hingefahren und hab mir eines von diesen hier angesehen.« Er stieß Cooneys Teller beiseite und breitete eine zusammengerollte Broschüre auf der Theke aus. »Sechzehn Fuß«, sagte er. »Doppelwand, Fiberglas, Echolot, das ganze Brimborium.«

»Sieht toll aus«, sagte Cooney durch seinen Mund voll Toast.

»Haben diese Typen auch ein annehmbares Finanzierungsangebot?« Er tippte mit seinem mit Gelee beschmierten Finger auf den aufgestempelten Namen der Firma.

Klots tauchte eine Ecke seiner Serviette in sein Wasserglas und wischte das Gelee von dem Glanzprospekt. »Geht so«, sagte er und nannte ihm den Prozentsatz.

»Ein teurer Spaß, Klots«, sagte der Typ, der das Ganze vorhin mit Cooney begonnen hatte und den sie Santana genannt hatten.

»Das schaff ich schon«, sagte Klots.

»Hast du im Lotto gewonnen?«, fragte Santana.

»Quatsch«, sagte Klots, »aber ich schätze, dass da bald eine Menge Überstunden auf uns zukommen, wenn wir erst mal mit diesem WaldPark-Job anfangen.«

»Womit?«, sagte Santana.

»Auf dem alten Harding-Anwesen«, sagte Klots.

Ich hatte nur halb zugehört, wie üblich versunken in die Welt um mich herum, aber jetzt hatten sie meine volle Aufmerksamkeit.

Santana lachte. »Nennen sie es dieses Mal ›WaldPark‹?«, fragte er. »Wenn du darauf wartest, wirst du für den Rest deines Lebens von der Pier aus angeln.«

»Reden sie immer noch davon, dass sie dort bauen wollen?« Jake fuhr herum, plötzlich mit einer vollen Kaffeekanne in der Hand, und füllte die Reihe der Tassen auf der Theke in einer einzigen, nahezu ununterbrochenen Bewegung nach. »Ich muss das schon ein Dutzend Mal gehört haben, immer diese großen Pläne – Eigentumswohnungen, eine Golfanlage, ein Badeparadies. Die ist verrückt, die Frau, der das gehört. Die wird nie verkaufen.«

Cooney trank plötzlich seinen Kaffee aus und hielt seine

Hand über die Tasse, als er sie wieder absetzte. »Seins geht auf mich«, sagte er und nickte in meine Richtung. Er warf ein paar Scheine hin und war schon zur Tür unterwegs. Ich schnappte mir die letzte Ecke Toast von meinem Teller und rannte ihm nach.

»Danke«, sagte ich, als wir wieder auf der Straße waren. Der große Mann nickte und starrte stur geradeaus.

Wir fuhren eine Weile und hielten an einer roten Ampel. Cooney blickte immer noch geradeaus.

»Ist das wirklich sicher?«, fragte ich. »Das mit dem Harding-Anwesen?«

Er sah mich wieder an. »Was interessiert dich denn daran?«, fragte er.

»Ich weiß nicht«, sagte ich. »Es ist bei uns ganz in der Nähe«, log ich. Ich wollte nicht davon anfangen, wie wir dort im Hauswartshaus gewohnt hatten und all das. »Was meinen Sie?«

»Ungefähr genauso sicher wie, dass die Sonne eines Tages blau aufgeht. Schon möglich.« Es wurde grün und Cooney richtete seinen Blick wieder auf die Straße. Das Thema war für ihn beendet.

Cooney hielt sich ran, wenn er arbeitete, und ich war sein Laufbursche, holte Werkzeug aus dem Wagen, schaffte das Gerümpel weg, das wir während eines Jobs auf dem Rasen zwischengelagert hatten. Bei einem Kunden bauten wir eine Theke ein. Es war gar nicht schlecht, in jemandes Küche zu sein mit all diesen Essensgerüchen, und das Gefühl zu haben, dass man den Leuten etwas Gutes tat.

Natürlich war ich noch nicht gerade Spitze in dem Job. Einige Male schickte Cooney mich nach Sachen wie einer »Reziproksäge« oder einer Schachtel Trockenwandnägel, und ich dachte, ich könnte mich genauso durchmogeln wie bei diesen Quizspielen, bei denen mehrere Antwortmöglichkeiten vorgegeben sind.

Wahrscheinlich dachte ich, wenn ich all diese seltsamen Sachen im Laderaum nur lange genug anstarrte, würden plötzlich Schildchen mit ihren Bezeichnungen auftauchen. Also suchte ich weiter, bis Cooney schließlich herauskam und dicht neben mir sagte: »Suchst du das hier?«, und nach irgendeinem seltsamen Werkzeug griff, das aussah wie etwas, womit ein Viehdoktor einem Pferd den Blinddarm herausnimmt.

Nach dem letzten Job kaufte Cooney uns zwei Cola, und wir lehnten am Lastwagen, spuckten auf die Erde und wischten uns mit den Ärmeln den Mund. Alles in allem, dachte ich, war ich für den ersten Tag ganz gut gewesen.

Deshalb haute es mich am nächsten Morgen fast um, als ich zu den Montagetrupps hinausging und Lou mich zurückrief.

»Du bist heute mir zugeteilt«, sagte er.

»Drinnen?«, fragte ich, so laut, dass ein paar von den Monteuren herüberblickten.

»Warum?«

»Anweisung von Spiro«, sagte Lou.

»Aber warum?«, fragte ich.

»Keine Ahnung.« Lou zuckte mit den Schultern. »Mehr hat er nicht gesagt.« Ich kapierte langsam, dass so ein Schulterzucken hier alles Mögliche bedeuten konnte.

Ich schätze, ich hatte mich zu wohl gefühlt gestern, und jetzt musste ich den Preis dafür bezahlen. Warum war es so schwer für mich zu kapieren, dass Arbeit keinen Spaß machen soll?

Mir fiel etwas ein, das mein Dad einmal gesagt hatte – eine

Lehre, die er aus seinen vielen Jobs gezogen hatte: »Du kannst nie wirklich sicher sein, wer dich mag und wer nicht und wie dich das voranbringt oder zurückwirft.«

Ich sah zu den Montageleuten hinüber, besonders zu Cooney, und hoffte auf ein Zeichen, dass ich zu ihnen gehörte, aber sie waren alle damit beschäftigt, ihre Auftragszettel für den Tag zu lesen, und ignorierten mich.

Lou gab mir einen Besen. »Das Dach«, sagte er und zeigte nach oben, für den Fall, dass ich nicht wüsste, wo es war. »Nimm auch eine Schaufel und einen Mülleimer mit.«

Die Teerpappen-Einöde über dem Lagerhaus war der Ort, an dem der ganze alte Müll der Gegend zu enden schien. Sie war übersät mit zig aufgerissenen braunen Papiertüten mit blau verschimmelten Sandwiches und winzigen, mumifizierten Äpfeln darin. (Wieder mal die Schulkinder.) Dazu ein zusammengebrochener Liegestuhl, gebrauchte Ölfilter und andere weggeworfene Autoteile, etliche Paar zerschlissener Turnschuhe, die an den Laschen zusammengebunden waren, vergammelte Sofakissen, ein toter Vogel und ein paar versteinerte Haufen Hundescheiße – offenbar ließ einer der Besitzer hier oben seinen Hund von der Leine.

Es wurde schon heiß, als ich anfing, all diesen Dreck zusammenzufegen. Ich hörte, wie unten die Vans der Montageleute ansprangen, und sah über die Dachkante, wie sie in verschiedene Richtungen davonschossen wie Ameisen aus einem brennenden Baumstamm.

ACHT

Mein Dad hebt mich so leicht in seine Arme, als sei ich aus Stroh. »Du riechst, als ob du in der Erde gewühlt hast, Dad«, sage ich zu ihm.

Er sagt nichts und im nächsten Bild, in Großaufnahme, sage ich: »Und überhaupt, ich dachte, du bist tot.«

»So was sagt man nicht, Neal-o«, sagt er. »Manchmal redest du Unsinn. Komm, lass uns nach dem Pfad sehen, von dem ich dir erzählt habe.«

Hier als Nächstes seht ihr, wie er mich absetzt und wir einen Weg auf dem Anwesen entlanggehen.

»Wo führt er hin, Dad?«, frage ich.

Dies ist eine Großaufnahme von seinem Gesicht, und ihr könnt sehen, wie er in die Ferne schaut und nicht antwortet.

In dieser Halbtotale seht ihr uns beide nebeneinander, aber in der nächsten zieht er plötzlich davon und bewegt sich aus dem Bild.

Als Nächstes haben wir einen Gegenschuss von mir, ängstlich und mit aufgerissenen Augen, und dann seht ihr, was ich sehe. Vielleicht liegt es an dem flachen Blickwinkel, aber er scheint mit einem Mal entsetzlich lange Beine zu haben.

Jetzt lässt er mich weit hinter sich mit den langen Schritten, die er mit diesen stelzenähnlichen Beinen macht, und ich gehe, so schnell ich kann, und hier renne ich sogar, aber ich hole ihn immer noch nicht ein. Ich rufe, dass er warten soll, aber er scheint mich nicht zu hören, und der Weg macht eine

Kurve, und als ich dort ankomme, ist er verschwunden. Ich gehe und gehe und gehe und rufe nach ihm, aber ich kann ihn nicht finden.

Als mein Vater gestorben war, bekam ich eine Menge Ärger in der Schule. Alles schien so… na ja, so wie mit Algebra. Man tut so, als seien Zahlen Buchstaben, spielt auf alle nur denkbaren Arten mit ihnen herum und verwandelt sie wieder in Zahlen zurück, wenn man fertig ist. Oder Geschichte – selbst Mrs. Parini, meine Geschichtslehrerin, sagt, das seien nur Tricks, die man toten Leuten spielt. Oder Geografie – Linien auf Papier. Ihr zeichnet vor den Nachrichten eine Landkarte und könnt sie hinterher gleich wieder ändern.

Ich kam nicht über die Tatsache hinweg, dass alles Schwindel war.

Seit dem ganzen Beerdigungskram hatte ich ernste Probleme mit diesem Schwindel.

Zum Beispiel versuchen sie dir vorzumachen, dass das alles nicht wirklich passiert, indem sie überall Blumen hinstellen, um den Sarg zu verstecken, und ihn wie ein Bett mit Satinlaken und -kissen aussehen lassen und Musik spielen, die sich anhört, als ob du Pfannkuchensirup aus der Flasche trinkst. Aber da lag er in dieser Kiste, mit Make-up auf dem Gesicht und sein Haar war so sonderbar gekämmt. Ich redete die ganze Zeit mit ihm, weil ich dachte, wenn ich ihn nur dazu bekäme, die Augen zu öffnen und aufzustehen und mit mir wegzugehen, dann könnten wir das alles einfach vergessen.

Und hinterher kommen sie alle mit nach Hause und sitzen herum, essen Sandwiches und trinken Bier und vergessen es schließlich sogar und fangen hin und wieder an zu lachen wie auf einer Party oder so. Aber dann gehen sie und das Haus wird ganz still. Mom, die bis dahin okay gewesen ist, schlägt plötzlich die Hände vors Gesicht und beginnt zu weinen. Und dann tut sie wie »Oh, ich denke, alles wird jetzt wieder normal werden. Du gehst wieder in die Schule und ich wieder zur Arbeit, und für die anderen wird es so aussehen, als sei gar nichts passiert.«

Von da an schien sie still zu werden; alles genau zu überprüfen. Es wurde immer schwerer, mit ihr zu reden, als ob sie schon jemand anders zuhörte, den man selbst nicht hören konnte. Vielleicht machte sie sich ja wirklich Vorwürfe, weil sie uns gezwungen hatte, das Anwesen zu verlassen, auf dem mein Vater endlich glücklich gewesen war, ich weiß es nicht.

An dem Harding-Anwesen selbst war jedenfalls nichts Schwindel. Es war nicht wie diese zwielichtigen Anlagen, die sich erst, wenn man reinfährt, als Wohnwagenparks entpuppen. Es war – ist – ein klotziger Besitz mit einem gewaltigen, spukig wirkenden Herrenhaus in der Mitte und mit Ställen und Nebengebäuden und allen möglichen Arten von Wegen und Brücken und Scheunen und Schuppen, die in den hundert Jahren oder so, die hier schon Leute wohnen, über das ganze Gelände verstreut wurden.

Meine Mom und mein Dad und ich wohnten in dem alten, mit Efeu bedeckten Hauswarthäuschen. Sie ließen uns da wohnen, weil sie meinem Dad dann weniger bezahlen mussten, denn die Miete wurde von seinem Lohn abgezogen. Außerdem hatte Evelyn Harding – die alte Dame, der der Besitz gehörte – es meinem Dad zur Auflage gemacht, das Häuschen in Schuss zu halten, das stand auch in seinem Vertrag, obwohl, wie sich herausstellte, Hausreparaturen nicht gerade eine Stärke meines Dads waren.

»Dein Dad war kein Neun-bis-fünf-Typ«, sagte meine Mom einmal, als ich sie ein bisschen zum Reden bekam. Wie bei mir dauerte es auch bei ihr Jahre, bis sie wieder irgendetwas über ihn sagen konnte, ohne zu stocken, zumal da noch etwas über die Trauer hinaus war, etwas, das sie daran hinderte, über die Zeit zu sprechen, die wir dort verbracht hatten.

Aber letztes Frühjahr, als wir vor unserem neuen Haus einen Garten anlegten und Mom sagte, sie sei nicht sehr gut darin, da Dad der wahre Gärtner in der Familie gewesen sei, sah ich eine Chance.

»Durch die Arbeit auf dem Anwesen?«, fragte ich.

»Oh, er hatte schon einige Jahre vorher als Gärtner gearbeitet«, sagte sie, »für verschiedene Firmen. Er hielt es bei seinen Jobs allerdings nie sehr lange aus.« Sie sagte nicht »wie du«, aber so wie sie mich ansah, machte es keinen Unterschied.

»Warum nicht?«, fragte ich.

Wir pflanzten Blumen auf dem Schmutzstreifen an der Auffahrt. Abgesehen von dem winzigen Rasen vor dem Haus, war dies der einzige Platz, auf dem man überhaupt irgendetwas pflanzen konnte, da der Hinterhof ein asphaltierter Parkplatz war.

»Nun, wenn er eine Weile bei einer Firma gearbeitet hatte, kam er eines Tages nach Hause und sagte, der Boss habe ihn auf dem Kieker, oder die anderen redeten hinter seinem Rücken über ihn, und dann kündigte er, oder er ging einfach nicht mehr hin, sodass er gefeuert wurde.«

»Und wie hat er dann den Job auf dem Anwesen bekommen?«, fragte ich, während ich eine der Blumen – Mom nannte sie »Vergissmeinnicht« – aus dieser Art Eiswürfeltablett schüttelte, in dem wir sie gekauft hatten.

»Er arbeitete für eine Landschaftsgärtnerei«, sagte Mom,

während sie mir die Pflanze behutsam aus den Händen nahm und sie in das Loch steckte, das sie gegraben hatte, »und Mrs. Harding gefiel es, wie er sich Zeit dabei ließ, die Steine für eine Gartenmauer zusammenzusetzen, die sie bauen ließ, obwohl sein Boss da ganz anders drüber dachte – zumindest hat es Dad so erzählt.«

»Und dann sind wir da hingezogen?«, sagte ich.

»Sie hat sich seine Nummer besorgt und uns angerufen und in der Woche darauf zogen wir ein.«

»Ich fand es schön dort«, sagte ich.

»Dein Dad auch«, sagte Mom. »Er war so ziemlich sein eigener Boss, aber für mich war es hart in diesem kleinen Haus, du warst gerade geboren, und wir hatten nur ein winziges Schlafzimmer – Raumstrahler, keine Klimaanlage, überall Schimmel und Mäuse und Ungeziefer –, und einmal kam sogar eine Schlange herein. Das heiße Wasser war immer schon aufgebraucht, wenn ich den Schaum aus meinen Haaren spülen wollte. ... Du warst wahrscheinlich zu klein, um dich an all das zu erinnern. Gib mir einige von den Rosanen«, sagte sie.

Mom hatte Recht. Ich erinnerte mich vor allem an das *Gefühl*, das ich dort gehabt hatte. War ich nicht gerade einmal zehn gewesen, als wir dort wegzogen? Ich wusste allerdings genau, dass das Anwesen, so heruntergekommen es auch war, Disneyland gewesen war im Vergleich zu dem engen Zweifamilienhaus mit dem toilettenpapiergroßen, voll gepackten Dreckshof, in das wir danach zogen.

Ich erinnerte mich daran, wie mich Dad, als ich noch klein war, in den Wald mitnahm, der einen großen Teil des Anwesens bedeckte, und mich in meiner Sportkarre sitzen ließ, mit ein paar Pfefferminzblättern zum Draufherumkauen oder einem Stock, mit dem ich auf den Boden schlagen konnte. Als ich älter wurde, half ich ihm, Blumenzwiebeln zu pflanzen oder einen Sack voll Torf in ein Loch für einen Busch zu schaufeln.

Andere Erinnerungen treiben manchmal an die Oberfläche dieser ganzen Suppe. Nicht, dass ich ihnen immer trauen könnte.

Zum Beispiel nahm mich Dad einmal frühmorgens mit, um mir das Projekt zu zeigen, an dem er gerade arbeitete. Er führte mich durch den Torbogen der hohen Ziegelmauer, die den gesamten Garten des großen Hauses umgab.

In der Mitte des Gartens stand eine Statue. Sie war ganz mit Wein bedeckt, halb umgekippt und ringsum von Schmutz und Unkraut und einer flachen Steinmauer umgeben. Als Dad das Unkraut ausriss, sah er, dass sich darunter das Bassin eines Springbrunnens befand, also grub er alles frei, besserte das Bassin aus und füllte es mit Wasser. Dann reinigte er die Statue und richtete sie wieder auf. Beim Näherkommen konnte ich von der Rückseite her sehen, dass es ein Engel mit eng angelegten Flügeln war, und ich hörte Wasser plätschern.

Bevor wir jedoch ganz hinkamen, stand plötzlich eine Frau etwa im Alter meiner Mom unter dem Torbogen. Ich hatte sie nie zuvor gesehen. Sie rief meinen Vater beim Namen. »Ich bin gleich wieder da«, sagte er. »Sieh ihn dir an.«

Als ich mich der Engelstatue noch weiter näherte, sah ich, dass von ihrer Vorderseite her ein Wasserstrahl kam. Ich ging auf die andere Seite und sah die kleine Steinfigur eines nackten Jungen – zwischen den Beinen des Engels – in das Bassin pinkeln, das Wasser floss aus ihm heraus und der Engel sah lächelnd auf ihn hinunter.

Meine Füße hielten inne und ich glotzte dumm.

Wie war das möglich?

Ein nackter Junge, ungefähr in meinem Alter, und alle Welt konnte es sehen? Und wo kam all dieses Wasser her?

Ich hörte meinen Vater und diese Frau – wer war sie überhaupt? – im Hintergrund dieses langweilige Erwachsenengerede reden, während ich das herauszufinden versuchte. Ich schätze, selbst damals hatte ich schon die Angewohnheit, in die Dinge um mich herum zu versinken, denn plötzlich hörte ich jemanden sagen: »Er hat ein Rohr in sich. Es war kaputt, aber wir haben es reparieren lassen. Alle Jungs haben es. Das hat Großmutter gesagt.«

Ich drehte mich um und sah ein Mädchen etwa in meinem Alter, das auf der nahen Terrasse oberhalb einiger Stufen mit ihren Puppen spielte. Sie hatte das Licht im Rücken und sah auf mich herunter.

Ich fühlte mich, als hätte sie mich bei etwas Verbotenem überrascht, und mein Gesicht wurde ganz heiß. Ich wusste nicht, was ich sagen sollte, also schlich ich zu meinem Vater und der fremden Frau zurück.

»Gefällt dir unser Springbrunnen?«, sagte die Lady und lächelte mich an. »Ich wette, du hast ein Auge für die Dinge, genau wie dein Dad.« Sie war die schönste Lady, die ich je gesehen hatte – nach meiner Mom, natürlich. »Ich weiß noch was, das dir gefallen wird«, fügte sie hinzu. »Komm mit.«

Ich sah meinen Dad an, und er nickte, und so folgte ich ihr aus dem Garten in das große Haus hinein, wo ich mich in einer höhlenartigen, dunklen Küche wieder fand mit einem Monsterherd, über dem schimmernde, goldene Töpfe hingen.

Die Frau setzte mich an einen langen Holztisch und gab mir ein paar Kekse mit großen Schokoladenklumpen darin.

»Weißt du, dein Dad hat diesen Springbrunnen wieder für uns in Gang gebracht, er ist ein Genie im Garten«, sagte sie.

Ich nickte und aß meine Kekse.

»Wenn du mal groß bist, solltest du auch mal so werden wie er«, sagte sie, während sie an den Kühlschrank ging und eine Tüte Milch herausnahm. Auf dem Tisch befand sich ein großer Zeichenblock, der mit umgeschlagenen Blättern geöffnet dalag. Auf dem obersten Blatt sah ich eine Zeichnung mit den Pfannen, die über dem Herd hingen. Ich war verblüfft. Wie konnte jemand diese Sachen dort mit all ihren Reflexen und Schatten und unterschiedlichen Ansichten auf dieses Papier hier bringen? Ich legte meine Hand auf das Blatt, weil ich wissen wollte, ob es wirklich flach war.

»Gefällt dir das?«, sagte sie und ich bekam so einen Schreck, dass ich schnell meine Hand wegzog. »Das ist okay«, sagte sie.

»Wie haben Sie das gemacht?«, fragte ich.

»Man fängt damit an, dass man hinsieht. Sehr genau. Dann bringst du deine Hand dazu, den Linien zu folgen, die du siehst.«

»Mein Dad sagt immer, dass es überraschend ist, wie viel man sehen kann, wenn man nur hinsieht«, sagte ich.

Sie lachte, obwohl ich nicht wusste, was daran so lustig war.

»Was siehst du hier drin?«, sagte sie und stellte ein Glas Milch vor mich hin.

»Milch«, sagte ich.

»Sieh hin«, sagte sie. *»Richtig.«*

Auch wenn ich das damals noch nicht in Worte fassen konnte, bemerkte ich plötzlich, wie der Rand des Glases, während er sich mir entgegenbog, den Kreis durchschnitt, den die Oberfläche der Milch bildete. Ich sah, dass dieser Milchkreis in Wirklichkeit eine flache Untertasse war, denn die weiße Flüssigkeit stieg rundherum ein wenig an der Glaswand hinauf. Ich sah drei winzige Blasen auf ihrem Rand, die wie zwei Augen mit einer großen, runden Nase dazwischen wirkten.

Während ich hinsah, riss die Frau die Zeichnung mit den Töpfen und Pfannen von dem Block ab. Auf den Blättern darunter befanden sich andere Zeichnungen – eine von den Salz- und Pfefferstreuern, eine andere mit ein paar Zitronen auf einem Schneidebrett und eine mit dem Gesicht eines Mannes.

»He, das ist mein Dad«, sagte ich, als sie die beiseite legte.

Sie antwortete nicht, sondern schob mir den leeren Block herüber und legte einige Bleistifte neben meinen Teller.

»Versuch's mal«, sagte sie und legte einen Apfel vor mich hin.

Ich sah den Apfel an und versuchte dann, meine Hand so zu bewegen, dass sie seinen Linien folgte, wie es die Lady gesagt hatte. Nach einigen Minuten knallte die Fliegentür zu und das Mädchen, das im Garten gewesen war, kam herein. Sie zog eine ihrer Puppen an einem Bein hinter sich her. »Hallo, Liebes«, sagte die Frau, die wohl ihre Mutter war. »Setz dich hin und iss ein paar Kekse mit unserem Gast.«

»Neal, das ist Claire«, sagte sie dann zu mir, während sich das Mädchen an das andere Ende des Tisches setzte. Ich sah schüchtern zu ihr hinüber, behielt meine Augen aber hauptsächlich bei dem Apfel.

»Sag Guten Tag«, sagte ihre Mutter.

»Guten Tag«, sagte Claire.

»Guten Tag«, sagte ich.

Claires Mutter bereitete ihr einen Platz am Tisch und gab ihr ein Glas Milch. »Meine Mom ist Künstlerin«, sagte Claire.

Ich wusste nicht, was sie meinte.

»Sie ist die beste Zeichnerin«, sagte sie. »Die sind von ihr.« Sie zeigte auf die Zeichnungen auf dem Tisch. »Sie zeichnet auch massenhaft andere Sachen«, sagte sie und beschrieb einige von ihnen.

Aber sehr weit kam sie nicht, denn plötzlich tauchte die alte Frau – Mrs. Harding – am Tisch auf. Ich war so auf meine Arbeit konzentriert, dass ich sie erst sah, als sie schon direkt bei uns war.

»Claire«, unterbrach sie sie. »Warum kommst du nicht mit mir mit?«

Ich sah zu der alten Frau auf. Sie runzelte die Stirn. Ich überlegte, ob ich vielleicht schlecht roch von der Gartenarbeit bei meinem Dad. Ich schnüffelte an meinem Hemd.

»Hat Neal auch ein Rohr?«, fragte Claire die alte Frau.

»Egal«, sagte sie, »komm mit.«

Claire schien für einen Moment mit dem Gedanken zu spielen, sich zu widersetzen, aber dann seufzte sie und schnappte sich noch einen Keks. »Tschüss, Neal«, sagte sie.

»Tschüss«, sagte ich.

»Kümmere dich nicht um Claires Großmutter«, sagte die jüngere Frau, als die ältere Frau und Claire fort waren. Sie sah über meine Schulter. »Konzentrier dich auf das, was du tust. Das ist der Schlüssel. Vergiss die Flecken nicht«, fügte sie hinzu.

Ich hatte die winzigen weißen Punkte in dem Rot noch nie bemerkt. Jetzt kann ich keinen Apfel mehr ansehen, *ohne* sie zu sehen.

NEUN

In dieser Szene seht ihr mich aus der Tür des großen Hauses kommen und einen ausgetretenen Seitenpfad entlanggehen. Aus meinem Blickwinkel folgt ihr dem Weg bis zu einer Lichtung.

(Einblendungen von einem Eichhörnchen, das in den Blättern gräbt, von einem gestreiften Baumhörnchen, das mit steil aufgerichtetem Schwanz über den Weg schießt, von ein paar Osterglocken, die sich im Wind bewegen.) Immer noch aus meinem Blickwinkel schwenkt die Kamera über die Lichtung, über eine riesige, blühende Pflanze hinweg, die am Lichtungsrand wächst, fährt dann zurück und stellt sich auf sie ein.

Ihr seht mich ins Bild kommen und neben der Pflanze stehen, die doppelt so hoch ist wie ich. Als Nächstes bewegt sich die Kamera in einem gleichmäßigen Nahschwenk von unten nach oben an dieser Pflanze hinauf, zeigt die breiten, behaarten Blätter, die eines über dem anderen von ihrem Stängel abstehen, und verharrt auf ihrer langen, stacheligen Spitze, die ganz mit gelben Blüten bedeckt ist und aussieht wie das schlimme Ende irgendeines mittelalterlichen Folterwerkzeugs. In einem Gegenschuss seht ihr, wie ich ganz versunken bin beim Betrachten der Pflanze.

Und jetzt sitze ich vor ihr und zeichne. Großaufnahmen von mir, unterbrochen von Einblendungen, die das schrittweise Entstehen der Zeichnung auf meinem Block zeigen.

Aus dem Off hört ihr einige Ratschläge, die mir die Frau in der dunklen Küche gegeben hat:

»Die Leute sehen heute nichts mehr wirklich an, außer wenn sie es kaufen wollen«, sagt sie. *»Das liegt an den Einkaufszentren. Die Menschen glauben, alles würde ausgestellt wie Schuhe in einem Schaufenster. Aber man muss sich anstrengen, wenn man wirklich etwas sehen will: Du musst nah drangehen und es ansehen.* Genau *ansehen.«*

Also sehe ich genau hin, aber plötzlich höre ich, wieder aus dem Off, das Bimmeln von Zaumzeug, und ich springe hastig auf.

Die Kamera verharrt nach einem langen Schwenk und ihr seht durch das Unterholz jemanden auf einem Pferd. Ich gehe auf den Reiter zu, und bald erkennt ihr aus meinem Blickwinkel, dass es das Mädchen ist, Claire – älter zwar, aber wieder hat sie mich überrascht.

In der folgenden Szene wechseln sich Großaufnahmen von mir und ihr ab.

»Was tust du hier?«, sagt sie, als ob ich irgendwo sei, wo ich nicht sein dürfte.

»Ich zeichne«, sage ich und halte ihr meinen Zeichenblock hin.

»Zeig mal«, sagt sie, bleibt aber auf dem Pferd.

Ich trete aus dem Wald auf den Weg.

Vögel zwitschern im Hintergrund. Ihr Pferd stampft mit den Hufen und macht dieses Pferdegeräusch, das klingt, als ob es sich räusperte. Sie tätschelt seinen Hals und beugt sich herab, um mir den Zeichenblock abzunehmen.

Während sie das tut, fährt die Kamera vom Boden nach oben und zeigt sie in Großaufnahme. Es wird deutlich, wie hoch sie im Sattel sitzt. Wie klitzekleine, stille Feuerwerksblitze bricht das Sonnenlicht durch die unzähligen winzigen Löcher in dem Laubdach über ihr.

»Gewöhnliches Wollkraut«, sagt sie.

»Was?«, sage ich.

»Die Pflanze, die du dir angesehen hast. So heißt sie. Aber du hast die Blätter falsch gezeichnet.«

»Glaub ich nicht«, sage ich.

Sie gleitet in einem leichten Schwung vom Pferd und bindet es an einen Baum.

»Hier. Ich zeig's dir.«

Ihr seht uns beide Seite an Seite über die Lichtung zurückgehen.

»Siehst du?«, sagt sie in dieser Halbtotale, die uns von hinten zeigt, wie wir an der riesigen, tropisch aussehenden Pflanze hochgucken. »Die Blätter haben keine Stängel, wie du sie gezeichnet hast. Sie gehen direkt in den Hauptstängel über. Dadurch verschwenden sie kein Wasser. Wenn es regnet, läuft jeder Tropfen direkt zu den Wurzeln hinunter: Das ist der Grund, warum sie selbst auf Böden wie diesem gedeiht.« Einblendung der mageren, trocknen Erde um uns herum. »Sie kommen überall durch.«

Während sie spricht, zeigt eine lange Großaufnahme ihr langes, kastanienbraunes Haar, das sie zu einem Pferdeschwanz zurückgenommen hat, der von einem roten Gummi gehalten wird, wie die, die Karotten in Bündeln festhalten. Sie ist ein bisschen größer als ich, schließlich ist sie ein Jahr älter. Als sie über ihren Kopf nach hinten greift, um den Pferdeschwanz zu richten, seht ihr ihre Armmuskeln hervortreten, die sie wahrscheinlich vom vielen Reiten hat, und unter dem T-Shirt, das sie trägt, zeichnen sich ihre knospenden Brüste ab. Sie ist eine Waldgöttin.

»Aber du zeichnest trotzdem gut«, sagt sie. Ihr Lächeln ist im oberen Megawattbereich.

»Gelernt ist gelernt«, sage ich.

Ihr Lächeln geht hinunter in den Wattbereich eines Nachtlichts.

»Ich meine, ich lerne es noch«, sage ich.

»Oh«, sagt sie, das Lächeln kommt zurück. »Du solltest es auf der Anhöhe dort versuchen«, sagt sie und zeigt auf einen nahen Baumhang. »Dort steht eine abgestorbene Eiche, die von einer Kletterpflanze ganz eingeschlossen wird. Sie ist schön.«

»Genau wie du«, höre ich eine Stimme aus dem Off, aber alles, was ich wirklich herausbringe, ist: »Ich schaue sie mir an. Danke.«

Aus meinem Blickwinkel folgt ein Bild von ihr, wie sie zu ihrem Pferd zurückgeht. Aber in einer Großaufnahme dreht sie sich um und blickt über die Schulter zurück, bevor sie wieder aus dem Wald tritt und verschwindet. Ihr hört, wie sie aufsteigt, und seht durch die Bäume ihren Schatten, als sie davonreitet.

Schnitt zur Küchentür des Großen Hauses, mein Dad steht gleich daneben, einen Hammer in der Hand. Ich komme ins Bild.

»Wie lief es?« Großaufnahme von meinem lächelnden Dad.

»Was?«, sage ich.

»Dein Zeichnen«, sagt er.

»Gut«, sage ich, als mir der Zeichenblock in meiner Hand einfällt.

»Wo sind deine anderen Zeichnungen?«, sagt er.

Großaufnahme von mir, wie ich über meine Schulter zum Wald zurückblicke.

»Oh«, sage ich.

Den Morgen, nachdem ich das Dach sauber gemacht habe, verbringe ich damit, Kartons mit Nägeln zu einem Lastwagen hinauszubringen, als Spiro seinen Kopf aus dem Bürobereich steckt, auf mich deutet und mit seinem Daumen über seine Schulter zeigt. Ich verwechsle das nicht mit dem Zeichen für »Ich liebe dich«.

Als ich in sein Büro komme, werfe ich einen schnellen Blick auf das Mädchen mit dem kastanienbraunen Haar, das weiterarbeitet, als sei ich gar nicht vorhanden. Die ganze Zeit überlege ich, was ich wieder angestellt haben könnte. Ich hoffte, dass er nicht das Waschbecken gefunden hatte, das ich fallen gelassen hatte, wobei ein Stück von der Ecke abgesprungen war. Ich dachte, die weiße Korrekturflüssigkeit, die ich von Lous Theke geklaut hatte, würde die Stelle abdecken, aber dann hatte Spiro zufällig nach dem Fläschchen gegriffen und es geschüttelt und dabei war der Deckel weggeflogen und Spiro hatte eine weiße Narbe auf seiner kahlen Birne abbekommen. Wahrscheinlich hätte er mich gar nicht in Verdacht gehabt, wenn ich nicht laut losgeprustet hätte.

»Wo ist der Handkarren?«, sagte Spiro, als er von den Papieren aufsah, über die er gebeugt stand.

»Sie haben mir nicht gesagt, dass ich …«, sagte ich.

»Dass Sie was sollen? Ihren gesunden Menschenverstand gebrauchen? Holen Sie ihn!« Er starrte mich an und presste die Coladose in seiner Faust zusammen, sodass sie um die Mitte herum immer dünner wurde.

Kaum war ich weg, da hatte sich jemand meinen Handkarren unter den Nagel gerissen – wahrscheinlich Vinnie, der immer noch versuchte, mich reinzulegen – und ich musste erst hinter einem anderen herjagen. Als ich zurückkam, stand Spiro noch genau da, wo ich ihn verlassen hatte, und sah auf seine Uhr. »Schon Mittagspause, Thackeray?«, sagte er. »Das hier muss heute noch erledigt werden.«

Ich sollte ein paar alte Aktenschränke wegschaffen, damit er einige neue aufstellen konnte, die er näher an seinem Schreibtisch haben wollte. Ich überlegte, ob ich ihn fragen sollte, warum er nicht einfach die Ordner austauschte, denn die Schränke waren alle gleich, aber ich schluckte es hinunter.

»Ich bin gleich zurück«, sagte er, stellte seine Coladose auf den Schreibtisch und verließ das Büro Richtung Lager, ein paar zerknitterte Papiere in der Hand.

Ich wollte den Schrank kippen und den Rand des Handwagens unter ihn schieben, aber das Ding rührte sich nicht. Ich sah nach, ob es vielleicht irgendwo festgeschraubt war, merkte aber schließlich, dass es allein am Gewicht lag. Ich stemmte mich mit aller Kraft gegen den Schrank und kippte ihn, aber zu weit, sodass er gegen den nächsten Schrank krachte und die Sammlung aus kleinen Schrauben-und-Mutter-Leuten in der ganzen Gegend verstreute.

»Sei vorsichtig!«, sagte das Mädchen zwischen zusammengebissenen Zähnen, als ich sie wieder zusammenraffte und auf Spiros Schreibtisch stellte.

Endlich bemerkte sie mich.

Ich lächelte sie an, aber sie hatte sich schon wieder ihrer Arbeit zugewandt.

Ich wuchtete den Schrank zu der Stelle hinüber, wo Spiro ihn hinhaben wollte. Bevor ich den zweiten holte, vergewisserte ich mich, dass nichts oben drauf stand.

Dem dritten Schrank gab ich einen genauso gewaltigen Stoß, aber anscheinend war er bei weitem nicht so voll wie die anderen, denn ich hätte ihn fast umgekippt. Ich konnte ihn gerade noch packen, bevor er gegen Spiros Schreibtisch krachte, aber nicht rechtzeitig genug, um einen der Ordner davon abzuhalten, dass er durch die kleinen Leutchen auf dem Schreibtisch schoss wie ein außer Kontrolle geratener Kipplastwagen über die Hauptstraße von Nutsville. Ein Becher mit Bleistiften und Spiros offene Coladose flogen ebenfalls durch die Gegend.

Das Mädchen sprang vom Schreibtisch auf, griff sich unterwegs eine Packung Papiertücher und begann, den braunen Colasee auf dem Fußboden aufzuwischen.

»Verdammt«, sagte ich, während ich die kleinen Figuren rettete und die Cola von ihnen abschüttelte. »Tut mir Leid.«

»Es wird dir noch doppelt so Leid tun, wenn Spiro zurückkommt und das hier sieht.« Sie hielt mit spitzen Fingern ein durchweichtes Papiertuch hoch, genauso, wie Mr. Reynolds in seinem Schulbüro das Jobangebot hochgehalten hatte.

»Er wird mich mit einem Tritt in den Hintern hier rausbefördern, klar«, sagte ich und sah zur Tür. Ich guckte wahrscheinlich wie ein Hund, der mit der Schnauze in der Fleischpastete erwischt wird.

»Steh da nicht herum. Fang.« Sie warf mir einen Packen Papiertücher zu, und ich wischte die Schreibtischplatte trocken, die von der Cola besprenkelt worden war, bevor die Dose auf dem Boden landete.

»Die sind hinüber«, sagte ich und zeigte ihr einige Computerausdrucke mit Zahlenkolonnen, die von der Cola völlig durchweicht waren.

»Hier, wisch du weiter auf«, sagte sie. Sie setzte sich an ihren Computer, tippte auf die Tasten und bald darauf begann der Drucker, neue Ausdrucke auszuspucken.

»Bring das Zeug hier raus«, sagte sie und hielt mir den Plastiksack aus dem Mülleimer neben ihrem Schreibtisch hin. Ich stopfte die feuchten, braunen Papiertücher und die durchweichten Papiere hinein.

Sie warf einen schnellen Blick aus der Tür.

»Oh, sieht so aus, als wäre er schon auf dem Weg hierher.« Sie schnappte sich die neuen Ausdrucke aus dem Drucker, wischte die noch verbliebenen Colaspritzer mit dem Ärmel ihrer Bluse vom Schreibtisch und breitete die neuen Ausdrucke so aus, dass es ziemlich genauso aussah wie vor der Katastrophe. Sie versteckte den Sack mit dem feuchten Papier unter ihrem Schreibtisch, und ich stellte die fast leere Coladose und den Becher mit Bleistiften auf die neuen Ausdrucke, als Spiro hereinplatzte. Ich tat schnell so, als nähme ich mir einen Bleistift.

»Spielen Sie Büro, Thackeray?«

»Nein«, sagte ich. »Ich brauch nur einen Bleistift, um Aufträge aufzuschreiben.«

Er sah mich an, als hätte ich versucht, ihm Fischaugen als Juwelen zu verkaufen.

»Tut mir Leid«, sagte ich und ging mit Hochdruck daran, den letzten Schrank an seinen neuen Platz zu wuchten.

Spiro ging die Papiere auf seinem Schreibtisch durch. Er griff nach seiner Coladose und hatte sie schon fast am Mund, da stutzte er.

»He!«, sagte er.

Das Mädchen und ich erstarrten.

»Wer hat von meiner Cola getrunken?«

»Sie sagten, dass Sie sich eine neue mitbringen wollten«, sagte das Mädchen.

Eine Sekunde lang schaute er verwirrt, dann hatte er sich gefangen. »Ach ja«, sagte er. »Richtig.« Und als er sich schwer in seinen Sessel fallen ließ, schlüpfte ich zur Tür hinaus.

NEUE EIGENTUMSWOHNUNGEN AUF DEM HARDING-ANWESEN GEPLANT

Über den Bau einer Anlage mit über 500 Luxuseigentumswohnungen auf dem 525 Morgen großen Anwesen der verstorbenen Evelyn Harding an der West Main Avenue wird derzeit verhandelt.

Ein Sprecher der OK Bau- und Handelsgesellschaft, einem der wichtigsten Bewerber um die Bebauungsrechte, präsentierte heute die vorläufigen Pläne. Er wollte die Höhe des Angebots nicht nennen. Die Besitzerin, Alice Harding, war für einen Kommentar dazu nicht zu erreichen.

Die Pläne zeigen Eigentumswohnungen mit weiträumigen Grundstücken, einen Gemeinschaftspool, Tennisplätze, einen Reitstall und große Parkanlagen.

Die Gesellschaft ist eine von mindestens vier Bewerbern um das Gelände. Die Pläne geben seit Jahren immer wieder aufkommenden Spekulationen darüber Nahrung, was aus dem gut gelegenen, verfallenen Besitz werden soll, mit dessen Bau der Industrielle Thaddeus Harding um 1920 begann. Durch das malerische, mit viel Wald bewachsene Gelände am Westrand von Marshfield verlaufen der Ojibway River und mehrere tiefe Schluchten.

Da stand es.

Nun war es kein Gerücht mehr, sondern stand in sauberen, schwarzen Buchstabenreihen auf der Titelseite der Zeitung, die Mom beim Lesen vor sich hochhielt. Gleich daneben befand sich das Foto des heruntergekommenen Portierhauses am Haupttor, an das ein neues »Betreten verboten«-Schild genagelt war.

Lasst mich euch ein wenig über mich und meine Einstellung zu Zeitungen erzählen. Das Letzte, was ich darin mit echter Aufmerksamkeit gelesen habe, war die Todesanzeige für meinen Dad. Es war einfach zu deprimierend, dass dieselben alten Sachen – Kinder, die ein Haus mit einem Feuerzeug niederbrannten, Zusammenstöße auf der Landstraße, Typen mit dichtem Toupet, die gewählt worden waren, künstliche Organe, die in jemandes Körper gesteckt wurden, Planeten in anderen Galaxien, die entdeckt wurden, und all das andere – genauso weitergingen wie bisher, wo das doch für Dads (und mein) Leben nicht möglich war.

Für die Zeitung war sein Tod viel weniger quälend als der Schneesturm und die zwei Zentimeter hohe Schneedecke, die an dem Tag, als er starb, die ganze erste Seite füllte.

Aber Mom las jede kleinste Meldung in ihr ganz genau. Es war, als wollte sie sichergehen, dass ihr nichts *entging* – irgendeine kleine, besondere Information, die ihr alles *erklären* würde oder so. Es war schwer, sie dazu zu bringen, einen Teil der Zeitung herauszurücken, damit *ich* sie lesen konnte. So wie jetzt, zum Beispiel, während sie mir am Frühstückstisch gegenübersaß und den ersten Teil verschlang.

Immer wieder las ich den Artikel über das Anwesen, so weit ich ihn sehen konnte, während Mom auf der anderen Seite der Zeitung ihr Altweiberfutter mampfte – irgendso ein Müsli, das aussah wie kleine Strohballen, und Kleiesemmeln, mit denen man den Rost von alten Gartenstühlen schmirgeln könnte. Steht ihr bloß nicht im Weg, wenn sie ihren letzten Schluck Tee getrunken hat!

Der Artikel berichtete noch über die Geschichte des Anwesens und über andere Großprojekte, die die OK Bau durchgeführt hatte, und darüber, wie sich die City um das Gelände herum weiterentwickelt hatte und dass die Strom- und Wasseranschlüsse und alles schon vorhanden seien und wie leicht es sein würde, alles in die Wege zu leiten, als wäre es Hackbraten, den jemand im Kühlschrank gelassen hat und den man nur im Backofen aufzuwärmen brauchte.

Ich musste es noch zwei- oder dreimal lesen, bis ich es endlich *wirklich* kapiert hatte.

Dies war das *Harding-Anwesen*, über das sie so kleinkariert berichteten! »Neal, sieh dir das an«, sagte meine Mom. Ich dachte einen Moment, der Artikel ginge im Innenteil weiter und sie wäre dabei, ihn zu lesen, aber sie schlug die Zeitung um, legte mir die Comicseite hin und tippte mit einem polierten Fingernagel auf einen der Cartoons. »Erklär mir das doch mal...«

Er zeigte zwei alte Frauen mit Kopftüchern, die auf einem Friedhof einen Grabstein betrachteten. Die eine sagte:

»So ein guter Mann. Hat jeden Tag seines Lebens hart gearbeitet, damit seine Familie was zu essen auf dem Tisch hatte und ein Dach über dem Kopf.«

Im nächsten Bild wendet sich die andere ihr zu und antwortet: »Und was ist das nun, Frührente, oder was?«

»Mom...«, sagte ich. »Was sie damit sagen, ist, du arbeitest das ganze Leben, und was hast du davon?«

»Und das soll lustig sein?«, sagte sie.

Das ist ein weiteres Problem mit Mom, seit Dad tot ist. Sie

hat ihren Sinn für Humor verloren. Sie findet nichts mehr witzig, vor allem nichts, das als Witz gemeint ist.

»Nun, vielleicht nicht besonders lustig«, sagte ich, »aber wahr.«

»Wahr?«, sagte sie.

Plötzlich fixierte sie mich mit dem Mom-weiß-alles-Blick.

»Neal«, sagte sie, »ist bei deiner Arbeit alles in Ordnung?«

»Klar, keine Probleme«, versicherte ich. (Woher wusste sie das schon wieder?)

»Bist du sicher?«

»Mom!«

Ich erzähle ihr nicht viel. Sonst steigert sie sich da hinein und – wer weiß? – ruft Spiro vielleicht noch an und schreit ihn an.

»Ich mache mir nur Sorgen«, sagte sie. »Du bist deinem Vater manchmal so ähnlich.«

»Inwiefern?«, fragte ich schnell, weil ich einen neuen Anknüpfungspunkt sah. Außerdem wollte ich das Thema wechseln.

Sie ließ die Zeitung sinken und seufzte.

»Er hatte immer diese komischen Einfälle«, sagte sie. »Statt etwas zu reparieren, versuchte er, das Problem einfach irgendwie aus der Welt zu schaffen. Wie die Toilette in unserem Häuschen.«

»Was war damit?«

»Erinnerst du dich an den Eimer?«

Plötzlich fiel mir wieder ein, dass wir die ganze Zeit damals einen Eimer Wasser neben der Toilette stehen hatten und das Wasser hineingossen, wenn wir fertig waren.

»Ja«, sagte ich. »Wahrscheinlich dachte ich, das sei so, weil wir auf dem Land lebten oder so.«

»Es war schrecklich. Das Haus war eine Ruine. Deshalb konnten wir nie jemanden einladen.« Sie trank einen Schluck von ihrem Tee und stellte die Tasse auf das Bild von dem Portiershaus in der Zeitung.

»Hat er nicht gern gearbeitet?«, sagte ich.

»Oh, doch, er liebte die Arbeit im Garten, aber er meinte immer, man solle das tun, woran man am meisten Spaß habe, und alles ignorieren, das das Leben kompliziert macht. Das war so eine fixe Idee von ihm: Fernsehapparate und Autos und Häuser machen einen nur abhängig, weil man dauernd Geld verdienen müsse, um sie in Gang zu halten, und wenn du etwas nicht reparierst und es nicht benutzen kannst, merkst du bald, dass du es gar nicht brauchst. Er hatte so einen Spruch dafür, wie man Sachen loswird, die man nicht braucht. ›Vergib und vergiss‹, oder so ähnlich.«

»›Gib und vergiss‹«, sagte ich und wunderte mich selbst darüber, was manchmal aus der öden Lagune meines Gehirns an die Oberfläche treibt.

»Zumindest kann man hier« – sie blickte sich in der kleinen Wohnung um –, »na ja, hier kannst du den Vermieter anrufen.«

Ein Hauswart, der alles kaputtgehen lässt. Die genetische Verbindung war mir klar.

»Aber ihm hat es dort gefallen«, sagte ich. »Hast du das da gelesen?« Ich schob ihre Teetasse zur Seite und zeigte auf den Artikel über das Anwesen.

»Ja«, sagte sie und schaute kurz hin.

»Was denkst du darüber?«, sagte ich.

»Was vorbei ist, ist vorbei«, sagte sie. »Ich möchte wirklich nicht mehr darüber reden. Es ist lange her.« Sie nahm den letzten, entscheidenden Schluck Tee und schoss ins Badezimmer davon.

Wir lebten jetzt schon eine lange Zeit – sechs Jahre lang – in diesem engen Zweifamilienhaus, das ein alter Mann vermietete, der nebenan wohnte. Hier hatten wir den Sonnenschein, der sich auf dem Fluss hinter dem Häuschen gespiegelt hatte, gegen den Sonnenschein eingetauscht, der von den Windschutzscheiben der Autos zurückgeworfen wurde, die auf der Straße vorbeifuhren. Hier war Dad auf dem orangefarbenen Plüschteppich vor dem Bett gestorben.

Aber das Schlimmste war, nicht mehr an dem Ort zu sein, an dem mich so viele Erinnerungen mit ihm verbanden. Es war wie – wisst ihr, wie schwer es ist, sich an das Gesicht von jemandem zu erinnern, den man nicht vor sich hat? Selbst bei jemandem, den man schon sehr lange kennt? Nun, ich war schon so lange nicht mehr dort gewesen, dass ich manches zu vergessen begann – die Wege, den Teich, die Weiden, die Brücke aus Baumstämmen, die den Snake Creek hinter dem großen Haus überquerte; wie mein Dad und ich bei Frost morgens aufzustehen pflegten, damit ich vor der Schule noch eine kleine Weile zusammen mit ihm Laub harken konnte, oder wie ich mit ihm in Sommernächten noch spät im Teich geangelt hatte. Schlimmer noch, bald könnte das alles nicht mehr da sein, selbst wenn ich es wieder sehen wollte.

Natürlich wäre es gut, in Mom eine größere Hilfe zu haben. Sie reagierte immer so seltsam, wenn ich mit ihr über die Zeit damals zu reden versuchte – wie heute. Nie sagte sie etwas Gutes darüber. Ich meine, ist es denn wirklich so schlimm, wenn man ein bisschen warten muss, bis man die Seife aus seinem Haar ausspülen kann?

Langsam wurde die Erinnerung an meinen Dad so wie bei einem alten Puzzle, bei dem man die Schachtel zuklebt, aber jedes Mal, wenn man es aufmacht, fehlen wieder ein paar

Teile. Vielleicht hatte ich *das* im Hinterkopf gehabt, als ich mich für Mr. Bhandarus Filmkurs einschrieb. Egal, wie oft du dir einen Film anschaust, jede Einzelheit in ihm ist noch haargenau gleich. Wenn meine Erinnerungen mehr wie ein Film wären, müsste ich keine Angst haben, dass Teile von ihnen verloren gehen.

Als Emily und ich uns das nächste Mal trafen, erzählte ich ihr, was ich über das Anwesen in dem Restaurant gehört und dann auch in der Zeitung gelesen hatte. Ich sagte, dass ich mir gar nicht vorstellen könne, dass dieser Ort meiner Erinnerungen und Träume von Bulldozern platt gemacht werden könnte.

»Abschreibungsmodell-Eigentumswohnungen«, sagte Emily und hatte dabei wieder diesen verträumten Blick, als ob sie nur halb da sei. »Für Abschreibungsmodell-Eigentumswohnungen.«

»Ich weiß nicht mal, was das genau ist, ein Abschreibungsmodell«, gestand ich.

»Nun«, sagte sie und war jetzt voll da, »das sind ganz normale Wohnungen, außer dass du sie kaufst und eine Menge Steuern damit sparen kannst.«

Ich versuchte, ein Gesicht zu machen, als ob ich verstanden hätte. Schätze, ich schaffte es nicht.

»Hör mal«, sagte sie. »Ich habe eine Idee. Im letzten Semester hatten wir im Club ein Projekt über Abschreibungen. Ich gebe dir eine Kopie und vielleicht können wir uns dann darüber unterhalten.« Immer häufiger versuchte sie neuerdings, mir diese ferne Welt jenseits des Schuppens schmackhaft zu machen, wo sie uns inmitten von Finanzen und Wirtschaft und Industrie sah, während ich nur die Harken und Schaufeln sah, die an der Schuppenwand hingen.

»Sind da viele Bilder drin?«, fragte ich.

Em schüttelte den Kopf. Ein hoffnungsloser Fall.

Ihr müsst wissen, seit Emily sich in zwei Zellen geteilt hat, plant sie schon, ein wichtiger Chip im Computer der Großfinanz zu werden. »Wir investieren in eine Abschreibungsmodell-Eigentumswohnung« war wahrscheinlich eine der Basisoperationen in ihrem Rechensystem. Sie hatte bereits BWL-Kurse absolviert und war Präsidentin des CJB – des Clubs der jungen Buchhalter.

Außer über Steuervergünstigungen für Käufer von Eigentumswohnungen konnte sie einem auch alles über Aktien, Anleihen, Fonds und Geldanlagen allgemein erzählen, wenn man es hören wollte.

Ich wollte es nicht hören. Seit ich den Schlüssel zu meinem ersten Sparschwein verloren hatte, war das Thema Geldanlage für mich sowieso gestorben.

»Neal«, sagte Emily, »es ist wichtig, dass man sich auskennt mit diesen Dingen.« Sie tätschelte meine Hand, die zufällig auf ihrem Knie lag. Dann war sie wieder für eine Weile still. Ich wusste, was als Nächstes kommen würde.

»Hast du schon über das nachgedacht, worüber wir neulich gesprochen haben?«, fragte sie.

»Darüber, dass wir was unternehmen müssen? Klar«, sagte ich. Und das stimmte sogar, ich hatte viel darüber nachgedacht, aber ganz sicher nicht auf die Art, wie sie meinte.

»Und?«, sagte sie.

»Mit dem Job läuft es prima«, log ich. »Ich weiß einfach, dass es mir diesmal ernst ist.«

»Und danach?«

»Du meinst das College und alles?«, sagte ich.

»Ich hoffe, du hältst deinen Kopf offen für alle Möglichkeiten.« Sie meinte natürlich praktische Möglichkeiten.

»Manchmal kommt mir mein Kopf so offen vor, als wäre mein Gehirn herausgefallen«, sagte ich.

Sie schaute mich an. Sie sah aus, als ob sie gleich in Tränen ausbrechen würde.

»Neal«, sagte sie, »ich will, dass dies funktioniert – mit uns.«

Ich wollte ihr nicht dorthin folgen, wohin sie mich haben wollte. Ich versuchte es mit einem blöden Lächeln.

»Wenn du es doch nur versuchen würdest…«, sagte sie.

»Bhandarus Kurs hat mir gefallen«, sagte ich und griff nach einem Löwenzahn, während ich über dem Abgrund hing. »Manchmal glaube ich…«

»Bhandaru? Du meinst den Filmkurs?«

»Ja«, sagte ich. »Ich meine, das könnte etwas sein.«

»Das ist der, in dem du das ›Nicht abgeschlossen‹ hast.«

»Ich muss nur noch diesen Film machen.«

Natürlich.

Ein Filmkurs, in dem ich nur noch den Film machen musste.

Meines Vaters Sohn.

»Er sagte, ich hätte den ganzen Sommer«, sagte ich. »Und mir gefällt das. Film, meine ich. Das könnte mich vielleicht interessieren.«

»Ich sag dir was«, antwortete sie. Sie rückte näher und brachte ihre Lippen in Reichweite. »Wenn du deinen Collegeplatz bekommen hast, wirst du das nächste Jahr genug zu tun haben und hast gar keine Zeit, dich mit nicht abgeschlossenen Sachen abzugeben, aber ich *muss* von dir endlich *mehr* sehen als nur diesen Schulkram. Zieh diesen Job in der wirklichen

Welt den ganzen Sommer über durch und ich nehme das als *›mehr‹*.«

Wir küssten uns.

»Okay. Abgemacht«, sagte ich, als ich wieder zu Luft kam.

ZEHN

Ein paar Tage danach war ich frech genug und hing nach Dienstschluss noch eine Weile herum in der Hoffnung, das Mädchen aus dem Büro abzufangen und ihr dafür zu danken, dass sie mir geholfen hatte. Ich wusste, dass sie gewöhnlich lange blieb – wahrscheinlich machte sie Überstunden, um ein paar Rechnungen zu bezahlen.

Aber ich sah sie nirgends und schließlich – meine Füße fingen an, sich zu beschweren, weil sie an jemandem befestigt sein wollten, der endlich nach Hause ging, und mein Magen sagte mir, dass es Taco-Zeit sei – ging ich zur Stempeluhr, um auszuchecken.

Ihre Karte war noch da, ein paar Schlitze von meiner entfernt – unsere waren die beiden Einzigen. Ich linste durch die Scheiben zum Bürobereich. Niemand da. Vielleicht hatte sie vergessen, ihre Karte abzustempeln. Aber da hörte ich von der Damentoilette auf der anderen Seite der Zeituhr etwas, das wie ein Husten klang.

Dann war es still. Ich ging hinüber und legte mein Ohr an die Tür. Vielleicht sollte ich reingehen und mich als Voyeur versuchen?

Plötzlich gab die Tür nach und ich fiel ihr direkt in die Arme – Spiros Sekretärin. »Du schon wieder?«, sagte sie und drängelte sich an mir vorbei. Ihre Augenlider waren stark gerötet. »Diese Schachtel mit Papiertüchern sollte bis zum nächsten Gehalt reichen«, sagte sie und hielt mir einen Packen brauner

Papierhandtücher hin, mit denen sie anscheinend ihre Augen abgeschminkt hatte. »Die sind wie Sandpapier.« Sie rauschte an mir vorbei zur Stempeluhr.

»Alles in Ordnung mit dir?« Ich folgte ihr.

Sie zog ihre Karte aus dem Schlitz und wollte sie in die Uhr stecken.

»Warte!«, platzte ich heraus, als ob ich nicht auch hätte weiterreden können, nachdem ihre Karte abgestempelt war.

»Was muss ich tun, damit du mich in Ruhe lässt?«, sagte sie. Sie riss ihren Arm hoch, dass ich dachte, sie wolle mich schlagen, und ich wollte mich ducken, aber sie hielt einen Zentimeter von meiner Nase entfernt inne, und der große, braune Colafleck auf ihrem Ärmel war alles, was ich noch sehen konnte.

»Sieh dir diese Bluse an«, sagte sie. »Sieh sie dir an. Der Fleck geht nie wieder raus. Sie ist hinüber.«

Sie wandte sich von mir ab, stempelte ihre Karte und steckte sie in den Schlitz zurück.

»Das tut mir Leid«, sagte ich zu ihrem Rücken. »Ich kann dir Papiertücher kaufen und du kannst dir eine neue Bluse besorgen. Such dir einfach eine aus und gib mir die Quittung.«

Sie beachtete mich nicht und machte sich in Richtung Laderampe davon. Wir haben keine Schlüssel, deshalb müssen wir nach Feierabend die Tür dort benutzen, die zuschnappt, wenn man sie hinter sich schließt. Sie ist allerdings schwer zu öffnen, und obwohl das Mädchen dagegen trat, bewegte die Tür sich nicht.

»Hier«, sagte ich, stemmte meine Schulter gegen die Tür und stieß sie auf, aber sie schwang zu weit auf, prallte zurück und krachte gegen den Arm des Mädchens.

»Lass mich einfach in Ruhe«, sagte sie und rieb sich den Arm. Sie drückte die Tür wieder auf, stapfte auf die Laderampe hinaus und lief die Stufen hinunter.

»Warte! Warte doch!«, rief ich Claire nach, als sie vorbeigaloppierte. Sie wurde langsamer und kam auf ihrem Pferd zurückgetrabt zu der Stelle, an der ich neben dem Weg stand.

Manche Dinge bekommt man selbst als kleines Kind mit, und nach jenem Tag in der Küche, an dem ihre Großmutter mich runtergemacht hatte, war ich nie wieder ohne meinen Dad in die Nähe des schaurigen Großen Hauses gegangen.

Aber Claire und ich waren beide ständig irgendwo auf dem Anwesen unterwegs und trafen uns einfach hier und da. Eines Tages zeigte ich ihr eine Höhle, die ich in einen Hang gegraben und unter einer alten Tür versteckt hatte, und sie holte ein paar von ihren Puppen und spielte mit ihnen. Ich war nicht sicher, ob mir das besonders gefiel.

An einem anderen Tag ließen wir auf dem Strider-Teich kleine Segelboote fahren, die wir aus Holzstücken gebastelt hatten. Es machte Spaß, mit ihr zusammen zu sein.

»Was?«, sagte Claire, als sie ihr Pferd gewendet hatte und zurückkam.

»Ich will dir was zeigen«, sagte ich. Sie schwang sich herab und band ihr Pferd an.

Ich führte sie in den Wald zurück, wo bei einem Sturm in der Woche zuvor fast ganz oben an einem Hang eine riesige Eiche in der Mitte abgebrochen war. Die Krone war voller grüner Blätter, als wäre die Nachricht bei ihnen noch nicht angekommen. Sie lag auf dem Boden, war aber noch durch ein paar gesplitterte Holzreste in vielleicht vier Metern Höhe mit ihrem Stamm verbunden.

»Komm mit«, sagte ich, während ich die Äste hinaufkletterte, die eine Art Treppe zum Stamm hinauf bildeten.

»Wow!«, sagte sie, als sie am oberen Ende des Stammes angekommen war, der sich ziemlich hoch über dem Boden befand. »Von hier oben kann man ganz schön weit sehen.«

»Ja«, sagte ich. »Aber zeigen wollte ich dir dies hier.« Ich nahm meinen Zeichenblock, den ich auf dem Stamm liegen gelassen hatte, als ich ihr Pferd gehört hatte.

Ich schlug die Blätter um bis zu einer Zeichnung, die ich früher am Tag gemacht hatte. Ich hatte sie aus der Erinnerung gezeichnet, nach einem Bild, das sich mir eingeprägt hatte. Es zeigte ein Mädchen mit langem, kastanienbraunem Haar, hoch oben auf einem Pferd, das von hinten von hunderten von Lichtflecken angestrahlt wurde, die durch den Hintergrund aus Blättern blitzten.

»Das bin ich«, sagte sie.

»Wie findest du es?«, sagte ich.

»Es ist gut«, sagte sie ernst. »Aber immer noch nicht so gut wie die von meiner Mom.«

»Ich mag deine Mom«, sagte ich. »Wo ist dein Dad?«, fügte ich hinzu. »Ich habe ihn nie gesehen.«

»Mom schickt mich manchmal zu Besuch zu ihm. Er wohnt in der Stadt. Ich bin nicht oft da.«

»Kommt er nicht hierher?«

»Mom sagt, dass sie das nicht will. Sie sagt, deshalb seien wir hergekommen.«

»Oh«, sagte ich und dachte daran, wie sie vor vielleicht drei oder vier Jahren eines Tages aus dem Nirgendwo aufgetaucht waren. Ein Wagen war vorgefahren; sie waren ausgestiegen.

Sie sah so traurig aus. Ich hatte eine Idee. Ich riss die Zeichnung von meinem Block, rollte sie zusammen und machte ein

Gummiband aus meinem Rucksack herum. »Hier«, sagte ich und hielt sie ihr hin.

»Bist du sicher?«, fragte sie. Sie griff nicht danach und ich schüttelte die Rolle ein wenig.

»Hier«, sagte ich wieder. »Ja, ich möchte, dass du sie hast.«

Sie nahm sie und lächelte.

Später an diesem Tag sah ich in unserem Häuschen auf unserem alten Fernseher eine Sendung. Das Bild war so schlecht, dass es wie ein 3-D-Bild aussah, bevor du die Brille aufgesetzt hast, und ich blinzelte, um etwas zu erkennen. Da hämmerte jemand an die Tür, und als ich öffnete, stand Claires Großmutter da, mit sonnengebräuntem Gesicht, meine Zeichnung zusammengerollt in der Hand.

»Ich muss deine Mutter sprechen«, sagte sie ruhig.

Meine Mom kam aus dem Schlafzimmer, wo sie all den Lärm gehört hatte.

»Ihr Sohn hat dies meiner Enkelin geschenkt«, sagte Mrs. Harding, als hätte ich Claire eine verrostete Kettensäge gegeben. Sie redete mit meiner Mom, als sei ich nicht vorhanden.

Meine Mutter rollte das Blatt auseinander und betrachtete es. »Es ist eine Zeichnung«, sagte sie.

»Bitte sagen Sie Ihrem Sohn, dass er sich fern halten soll von Orten, an denen er nichts zu suchen hat«, sagte Claires Großmutter. Bevor meine Mutter etwas erwidern konnte, ging die alte Frau.

»Du hast doch nicht am Großen Haus gespielt, oder?«, fragte meine Mom.

Ich sagte Nein.

»Nun, halt dich dort unbedingt weg«, sagte sie.

Ich schwor, dass ich das tun würde.

ELF

Die nächsten paar Wochen auf der Arbeit sind anders als vorher. Ich habe den Job noch, richtig? Den halben Sommer jetzt schon? Wir haben viel zu tun und ich bekomme immer häufiger die großen Aufträge zugeschoben. Es ist dazu gekommen, dass Lou sich auf *mich* verlässt, denn bis die Lichtwellen von den Auftragszetteln durch seine dicken Brillengläser gereist sind, ist Mittagspause. Und echt, hin und wieder setzen sie sogar Barney – den alten Typen aus dem Lager – als Aushilfe ein, aber er würde doppelt so viele Aufträge schaffen, wenn die Flasche, die er hinter dem Feuerlöscher versteckt, auch ein Auftrag wäre. Die meiste Zeit muss er sowieso mich fragen, wo alles ist.

Sie holen sogar Vinnie, damit er ein paar Aufträge erledigt, und man kann ihm immer leicht in sein Versteck nachgehen, wenn man nur der Spur seiner Zigarettenkippen folgt.

Aber der Knackpunkt ist Folgender: Dadurch, dass ich meine Arbeit gut mache, trage ich nur noch mehr dazu bei, dass all die noch so winzigen Spuren der Erinnerung an meinen Dad, die auf dem Anwesen noch erhalten sein mögen, endgültig ausgelöscht werden. Passt auf:

Ich fange pünktlich an und schufte den ganzen Tag.

Dadurch wächst das Vermögen der OK Bau.

Die OK Bau steht ein bisschen besser da.

Das macht es nur noch wahrscheinlicher, dass sie tatsächlich den Vertrag bekommen, der es ihnen erlaubt, alles auf dem Anwesen niederzureißen und zuzubetonieren und, wie gesagt, alles auszulöschen, was dort noch von meinem Vater erhalten sein sollte.

Sosehr ich auch versuche, alles festzuhalten und nichts von ihm zu verlieren, jede Einzelheit für sich – selbst Sachen, die ich tue – trägt dazu bei, Veränderungen zu schaffen, die am Ende bewirken, dass er ganz vergessen ist. Ich könnte genauso gut versuchen, auf einer Rolltreppe still zu stehen. Ich muss etwas tun. Aber welche Wahl habe ich denn überhaupt? Soll ich alles hinschmeißen und Mom wieder mal zeigen, dass ich keinen Job halten kann, bis die Farbe trocken ist? Soll ich Emily zeigen, dass ich ungefähr so nützlich bin wie ein Hockeyschläger aus Mozzarella? Soll ich mich an Wirtschaftsschulen bewerben; oder mir, wenn ich es nicht tue, von der einzigen Person in dieser Welt, die mich, so weit, am besten versteht, den Laufpass geben lassen? (Auch wenn das »mich«, das sie da versteht, nur eine chaotische Baustelle ist.)

Und, nebenbei, wenn ich alles hinschmeiße und dann keinen Lohn mehr bekomme, bin ich wieder total pleite.

Nein, wie ich es auch drehte, ich konnte mich nicht herausreden. Ich musste bleiben.

Also stemmte ich meine Schulter gegen den Handkarren, presste meinen Fuß auf den Zement und warf mein Herz in den Mülleimer.

Ich gegen den Rest der Welt.

So gesehen fühlte ich mich nicht anders als alle anderen.

Nach einer Weile wurde ich sogar ganz gut. Mein Sehtraining bei Claires Mutter und die Gewohnheit, alles zu Storyboards zu verarbeiten, die ich von Bhandaru hatte, halfen mir dabei, mich daran zu erinnern, wie Dinge aussahen und wo sie waren und wie sie miteinander verbunden waren.

Wenn ich also nach etwas suchte, stellte ich mir vor, wie es aussah und wo es war, und ließ dann die Bilder rückwärts laufen, bis ich an die Stelle zurückkam, an der ich gerade stand. Es war, als ob ich in meinem Kopf einen Film rückwärts abspielte. Manchmal kam sogar Lou zu mir, wenn er etwas nicht finden konnte, und selbst die Verkaufsleute schnappten sich mich, wenn sie etwas wirklich sofort brauchten. Ich war fast ein bisschen stolz auf mich deswegen.

Da plötzlich alles so glatt lief, war ich nicht besonders überrascht, als eines Abends, nachdem ich meine Karte abgestempelt hatte, mein Wagen nicht ansprang. Lou hatte mich Überstunden machen lassen, um einen Großauftrag abzuschließen, und als ich hinausging und den Zündschlüssel drehte, war da ein Klick und dann gar nichts mehr. Der Parkplatz war fast leer, beinahe alle hatten sich schon davongemacht, außer dem Besitzer des alten Pick-ups am anderen Ende des Platzes bei den Bäumen. Ich schätzte, es würde mich ein paar Tageslöhne kosten, mich abschleppen zu lassen.

Ich ging gerade zum Lagerhaus zurück in der Hoffnung, dass mir jemand aufmachen würde, als die Tür an der Laderampe aufflog und Claire mit der Schulter voran herausstolperte.

»Nicht zumachen!«, rief ich und versuchte, die Tür noch zu fassen zu bekommen, bevor sie zufiel, aber es war zu spät. Sie schlug zurück und schnappte zu. Wie gesagt, sie geben uns keine Schlüssel, also schien meine Glückssträhne genauso am Ende zu sein wie meine Batterie.

»Was ist denn jetzt schon wieder?«, fragte Claire und entdeckte fast im selben Moment meinen Wagen mit der geöffneten Motorhaube.

»Nichts«, sagte ich.

»Gut«, sagte sie.

Sie stolzierte direkt vor mir, in ihren eleganten Schuhen war sie größer als ich, und ich stand wie festgewachsen da. Mein Mund öffnete sich, und zuerst kam nichts heraus, aber ich gab nicht auf und quetschte schließlich heraus: »Kannst du mich mitnehmen?«

Sie blieb stehen und wandte sich mit unbewegtem Gesicht um.

Ich bereute sofort, es gesagt zu haben, weil ich dachte, dass sie zurückkommen und mir ein paar zusätzliche Nasenlöcher kratzen würde. Aber stattdessen dachte sie ein paar Sekunden nach und sah zu meinem Wagen hinüber.

»Meinetwegen«, sagte sie.

Es stellte sich heraus, dass sie den alten Pick-up fuhr. Aus der Nähe sah er so hinüber aus, als hätte sie ihn unter Wasser gefahren und vergessen, die Fenster zu schließen.

Ich kletterte neben sie auf den ramponierten Beifahrersitz.

»Wohin?«, fragte sie.

Ich ließ sie auf mich wirken. Toll sah sie aus, so aufgepeppt für die Arbeit, und um sie herum hing der zerschlissene Autohimmel in Fäden herab, wie ein Schleier.

Ich schätze, ich ließ mir ein bisschen zu lange Zeit mit einer Antwort.

»Wohin?«, wiederholte sie und drehte den Schlüssel. Der Pick-up sprang an und lief wie geschmiert.

»Nur zu einem Telefon«, sagte ich.

Sie legte den Gang ein, zögerte und fragte, bei getretener Kupplung: »Was ist mit ihm?«

»Dem Wagen?«, sagte ich. »Die Batterie. Er braucht eine neue. Ich hab versucht, bis zum Zahltag hinzukommen.«

»Ich habe ein Überbrückungskabel hinten drin«, sagte sie, ließ das Kupplungspedal kommen und fuhr den Pick-up zu meinem Wagen hinüber.

Ich fand die beiden verrosteten Kabel in einer Ecke der Ladefläche. Sie waren um eine glänzende, verbeulte Felge gewickelt. Ich schloss sie an, stieg in den Wagen und drehte den Zündschlüssel. Nichts.

»Versuch's noch mal«, sagte Claire. Sie saß hoch oben im Führerhaus ihres Schrott-Pick-ups und jagte den Motor hoch, dass ich fürchtete, er würde uns um die Ohren fliegen.

Ich versuchte es wieder, aber immer noch nichts. Ich stieg aus und rüttelte dort an den Kabeln, wo sie an die Batterie geklemmt waren. Plötzlich gab es einen Blitz und ein »Peng« und ich riss meinen Kopf zurück und knallte gegen die Motorhaube über mir.

»Aaaa«, sagte ich unterdrückt und rieb mir den Kopf und versuchte, nicht allzu sehr wie ein Blödi auszusehen.

Aber sie musste den Lärm gehört haben. »Was ist passiert?«, fragte sie, stellte den Motor des Pick-ups aus, glitt aus dem Wagen und stand gleich darauf neben mir.

»Bist du okay?« Ihre Augen wurden schmal, während sie mich anschaute.

»Ja, ja«, sagte ich. »Aber ich hab der Batterie den Rest gegeben.« Ich zeigte in den Motorraum, wo die Verschlusskappen der Batterie weggesprengt worden waren und sich eine zischende Flüssigkeit durch die Schläuche und mein Hemd fraß, das ein paar Spritzer abbekommen hatte.

»Du hast was auf dem Hemd«, sagte sie. »Warte, ich hol einen Lappen.« Und sie zog einen unter dem Fahrersitz des Pick-ups hervor und wischte auf meinem Hemd herum, auf dem sich schon kleine Löcher zeigten wie von einer Zigarette.

»Hör mal, du musst das Hemd ausziehen. Ich fahre dich nach Hause.«

Als ich wieder auf den Beifahrersitz des Pick-ups kletterte, malte ich mir mein Zuhause aus, wo ich womöglich meiner Mutter in die Arme lief oder einen Anruf von Emily bekam, und ich sagte: »Ich weiß, wohin.«

Das »Cup 'n' Spoon« war am späten Nachmittag ein ganz anderes Lokal. Da saßen keine Handwerker aufgereiht an der Theke, es gab keine Kellnerin und kein Klappern und Krachen und Bellen, dass es klang wie in einem Hundeasyl zur Futterzeit.

Jake sah aus, als sei alle Luft aus ihm entwichen. Er wirkte ein bisschen gelblich im Licht der Lampen, saß am Ende der Theke – bis dahin hatte ich ihn immer nur stehen sehen – und hatte die Zeitung vor sich ausgebreitet. Auch wenn er uns hinreichend freundlich willkommen hieß und gleich aufsprang und einen feuchten Lappen holte, um den Rest der Batteriesäure von mir abzuwischen, hatte er um diese Tageszeit einfach nicht dasselbe Feuer.

Ich fragte Claire, ob sie warten könne, bis der Abschleppwagen kam.

»Meinetwegen«, sagte sie und schaute unbehaglich.

»Wie läuft's denn so?«, sagte ich, als wir schließlich an einem Tisch saßen und jeder eine Tasse vor uns hatten. Ich probierte es mit dem hier üblichen Ton.

Sie sagte nichts, saß nur da und schaute mich an wie ein Stück Mettwurst, das sie hinten in ihrem Kühlschrank gefunden hatte und von dem sie nun zu entscheiden versuchte, ob es noch gut war.

»Okay«, sagte sie vorsichtig. »Es ist lange her.«

»Sechs Jahre«, sagte ich, »seit wir weggezogen sind.«

»Ich habe das von deinem Dad gehört«, sagte sie. »Es tut mir Leid.«

»Ja, danke...« Ich griff nach meiner Tasse Tee und sah auf den Kreis, den sie auf der Papierserviette gemacht hatte. Dann stellte ich sie wieder hin. Der Tee war noch zu heiß.

»Deine Großmutter auch, oder?«, sagte ich. Mom hatte die Todesanzeige gelesen.

»Vor ein paar Jahren«, sagte Claire. »Sonst wäre ich jetzt nicht hier. Solange sie lebte, durfte ich nicht arbeiten. Sie erlaubte das nicht. Dachte, es sei unter der Würde einer Harding, für einen Stundenlohn zu arbeiten.«

»Geht's deiner Mom noch gut?«, fragte ich.

»Sie kommt zurecht«, sagte sie.

Ich dachte, sie würde nichts weiter sagen, aber dann fügte sie hinzu: »Ich bin überrascht, dass ich so mit dir rede.«

»Das bin ich auch«, sagte ich. »Du warst ganz schön sauer neulich.«

»Ich hatte auch so schon einen schlechten Tag und du hast ihn noch schlimmer gemacht«, sagte sie.

»Ich bezahl dir wirklich eine neue Bluse«, sagte ich. »Du brauchst nur...«

»Es war einfach ein schlechter Tag«, unterbrach sie mich. »Ein Ast hatte das Dach unseres Wintergartens zertrümmert, und die Versicherung, die Großmutter abgeschlossen hatte, wollte nicht zahlen und...« Sie brach ab. »Ich schätze, ich hätte dich nicht so anfahren sollen.«

Keiner von uns sagte etwas für eine ganze Weile. »Wie ist das Anwesen?«, sagte ich schließlich. »Außer dort, wo Baumäste runtergekommen sind?« Ich wollte einen Lacher provozieren, aber sie ging nicht darauf ein.

»Du würdest es nicht wieder erkennen. Alles ist verwildert. Wie diese Aztekenruinen, die im Dschungel gefunden werden, weißt du?«, sagte sie. »Als ihr damals weggegangen seid, haben meine Mom und Grams versucht, es allein zu schaffen, und jetzt, da Grams tot ist…«

»Und deine Pferde?«, fragte ich, ohne zu bedenken, was für ein heikles Thema das war.

Wieder streifte sie mich mit einem vorsichtigen Blick.

»Eins konnte ich behalten«, sagte sie. »Das Futter und die Impfungen und all das kosten mich einen großen Teil meines Gehalts, aber das ist es mir wert.«

»Reitest du immer noch so gern?«, fragte ich, und bevor ich innehalten konnte, platzte ich heraus: »Es tut mir Leid, was damals passiert ist, weißt du. Ich hatte nie eine Chance, es dir zu sagen.«

»Es ist lange her«, sagte sie.

»Ich wusste nicht, wie ich danach noch mit dir reden sollte. Ich war noch ein kleiner Junge und dann sind wir fast gleich danach weggezogen und mein Vater starb und alles…«

»Lass uns nicht darüber sprechen«, sagte sie. Es wäre mir lieber gewesen, sie hätte gesagt: Lass es uns vergessen.

»Okay«, sagte ich.

Ich probierte einen kleinen Schluck von meinem Tee. Er war kalt genug, also trank ich mehr und versuchte so, das Schweigen zu überbrücken.

Schließlich fiel mir etwas ein. »Ach ja«, sagte ich, »ich habe in der Zeitung von diesen Plänen gelesen – für die Eigentumswohnungen und all das. Ist da was dran?«

»Nun, als ich hier angefangen habe und sie herausfanden, wo ich wohne, wollten sie mit meiner Mom reden. Ich schätze, sie haben ihr ein gutes Angebot gemacht.«

»Wird sie verkaufen?«

»Na ja, glaub nicht alles, was in der Zeitung steht. Es gibt noch ein paar andere Interessenten und sie ist sich noch nicht sicher. Ich glaube nicht, dass sie wirklich verkaufen will; ich hoffe wirklich, dass sie's nicht tut. Ich weiß nicht, wo ich dann reiten oder mein Pferd unterbringen soll, aber es ist zu teuer, das Anwesen zu behalten. Mom hat mir den Steuerbescheid gezeigt.«

»Es ist so groß«, sagte ich. »Könnte man nicht einen Teil verkaufen?«

»Ich glaube nicht«, sagte sie. »Es hängt mit dem Treuhandvermögen zusammen, das mein Großvater für den Unterhalt hinterlassen hat – wir dürfen keine Teile verkaufen oder so. Sie lässt sich von einem Anwalt beraten. Ich bin sicher, Großvater hat sich nicht vorstellen können, dass einmal nicht genug Geld da sein könnte.«

Das Licht der Abendsonne stieg hinter ihr an der Wand hinauf. »Hör mal«, sagte sie, plötzlich wieder abweisend. »Ich muss gehen. Vielleicht rufst du besser den Abschleppwagen noch mal an?«

»Ach ja, klar«, sagte ich. Den hatte ich total vergessen.

Als ich aufstand, griff ich nach einer Serviette aus dem Halter auf dem Tisch und stieß dabei die Salz- und Pfefferstreuer und den Zuckerbehälter um. Die Streuer klapperten über den Tisch und die kleinen Zuckertüten flogen herum und sie sprang auf.

»Tut mir Leid«, sagte ich.

»Das ist okay«, sagte sie und suchte, ohne mich anzublicken, nach ihren Schlüsseln. »Ich muss wirklich los.«

»Geh ruhig«, sagte ich. »Ich finde schon jemanden, der mich mitnimmt.«

Sie legte Geld auf den Tisch und ging hinaus in das Abendlicht, das durch die Eingangstür hereinfiel.

In den letzten Jahren, die wir auf dem Anwesen lebten, war ich alt genug, um mich überall da herumzutreiben, wohin mich meine Ideen führten (außer in die Nähe des Großen Hauses natürlich), und alles zu tun, was sie mir eingaben. Gewöhnlich brachten sie mich auf Dinge wie Pfeil und Bogen aus einem gebogenen Baumast zu basteln oder neue Sachen zu finden, die ich zeichnen konnte, oder einen Waschbär zu verfolgen, oder einem Einhörnchen beizubringen, sich eine Erdnuss abzuholen – der übliche, lahme Kram eben. Aber eines Tages hatte ich die Idee, etwas aus dem Fernsehen nachzumachen.

In der Sendung, die ich gesehen hatte, wurden Dorfleute, die am Rand eines Dschungels in Indien lebten, einer nach dem anderen von einem Tiger gefressen. Er schlich nachts von den nahen Bergen herunter und wühlte sich durch die Strohdächer ihrer Hütten. Wenn am nächsten Morgen keiner herauskam, nahm jemand seinen ganzen Mut zusammen und schaute nach, und alles, was sie fanden, waren die Essensreste.

Um den Tiger zu fangen – im Film zeigten sie genau, wie sie es gemacht hatten – gruben sie ein Loch und verdeckten es mit Gestrüpp und Blättern und Erde. Dann versteckten sie sich in der Nähe auf Bäumen, und als der Tiger hineingefallen war, sprangen sie herunter und umstellten das Loch und töteten ihn mit Speeren und Steinen und was sie sonst in die Hände bekamen.

Eines Tages, kurz nachdem ich das im Fernsehen gesehen hatte, ging ich mit einer der Schaufeln meines Vaters über der Schulter in den Wald. Es war nicht lange, bevor wir das Anwesen verließen, also muss ich ungefähr neun Jahre alt gewesen sein. Ich hatte, wie gesagt, schon eine Höhle gebaut. Deshalb dachte sich mein Vater wohl nichts dabei.

An jenem Tag grub ich mitten auf einem Weg, der kaum benutzt wurde, ein ziemlich großes Loch. Ich brauchte fast bis zur Dämmerung, und es war so tief, dass ich kaum über den Rand sehen konnte, wenn ich drin stand. Ich verdeckte alles mit Gestrüpp und Blättern und Erde, wie im Fernsehen, und ging in unser Häuschen zurück und ins Bett.

Fragt mich nicht, was ich mir dabei gedacht habe. Der nächste Tiger befand sich ungefähr zweihundert Kilometer entfernt in einem Zoo, und wenn er entkommen und in mein Loch gestürzt wäre, hätte ich nichts mit ihm anzufangen gewusst. Ich glaube, mir gefiel einfach die Idee, dass ich einen Grund haben würde, hoch oben in einem Baum zu sitzen und in der Gegend herumzuschauen, und eine Ausrede dafür zu haben, dass ich nichts anderes tat. Am nächsten Morgen nahm ich sogar meinen Zeichenblock im Rucksack in den Baum mit hinauf und zeichnete ein paar Bilder, die Ähnlichkeit mit einem Eichhörnchen hatten.

Als der Morgen etwa halb herum war, verlor ich die Lust daran, beim Pinkeln vom Baum das Gleichgewicht halten zu müssen. Ich beschloss hinunterzuklettern und nachzuschauen, was mein Vater machte, und mir etwas zu essen zu besorgen.

Ich begann gerade hinunterzuklettern und konzentrierte mich auf meine Handgriffe und darauf, wo ich, Ast um Ast, meine Füße hinstellte, als ich – ihr wisst sicher, wie das ist, wenn man ganz plötzlich in einer stillen Nacht einen fernen Zug wahrnimmt – mit einem Mal das vertraute Geräusch herangaloppierender Pferdehufe vom Weg her hörte. Ich überlegte schon, warum es, wenn man genau hinhört, immer so klingt, als ob die Viecher drei Beine hätten statt vier. (Klopft mit den Fingern, dann hört ihr es selbst.) Dann dachte ich: Das muss das Mädchen sein, Claire, die ausreitet. Toll! Vielleicht konnte ich hier, so weit von ihrer Großmutter entfernt, ein bisschen mit ihr reden, und dann – als ob mein Wunsch es irgendwie bewerkstelligt hätte – sehe ich sie direkt auf mich zukommen, und ich denke, dass ich nur noch ein paar Äste bewältigen muss, und dann bin ich unten, und dann denke ich:

DAS LOCH!

Verdammt!

Ich muss sie warnen, dass sie nicht… und als ich den vorletzten Ast erreiche, höre ich, dass sie schon sehr nahe ist, und ich schreie, aber ich habe immer noch zu viele Blätter um mich herum, sodass es klingen muss, als sei ich in eine Matratze eingerollt, oder sie hört wahrscheinlich gar nichts durch das Schnauben und den Hufschlag des Pferdes, deshalb lasse ich den letzten Ast aus, mache einen Riesensatz auf den Boden, gerate beim Aufkommen völlig außer Atem und renne los, um sie zu stoppen, aber sie reitet zu schnell, und ich erschrecke nur ihr Pferd, das seinen Kopf zur Seite reißt und mich mit seinem einen großen, milchigen Auge anstarrt, während das Mädchen dort oben auf seinem Rücken auf mich hinuntersieht, ebenfalls erschrocken, und dann an mir vorbeigaloppiert – vielleicht hätte sie das Loch sogar noch bemerkt, wenn ich nicht am Weg gestanden und wie ein Idiot geschrien hätte – und das Pferd in das Loch tritt, das ich gegraben habe, und – ich muss dies alles aus allernächster Nähe mit ansehen – sie fliegt über den Kopf des Pferdes und landet krachend auf ihrer Schulter und ihrem Nacken und liegt dann da.

An dem sich windenden Pferd vorbei, das nicht ganz in das Loch gestürzt ist, sondern nur mit einem Bein, renne ich zu ihr. Das Pferd schnaubt lauter denn je und versucht hochzukommen, aber es bewegt sich im Kreis, und mit dem Ohr auf dem Boden versucht es zu rennen. Als ich bei dem Mädchen ankomme, stöhnt sie und ist nur halb da, und ich sage: »Warte, ich hole Hilfe«, als ob sie irgendwohin gehen könnte. Und sie sieht so klein aus dort auf dem Boden.

»Du«, sagt sie und sieht zu mir auf.

Danach ist alles irgendwie verschwommen. Weinend laufe ich zu meinem Vater. Ich versuche ihm zu erzählen, was passiert ist. Dann renne ich zum Haus und bitte die Großmutter – die zuerst verärgert ist, als sie mich dort sieht –, einen Krankenwagen zu rufen. Ich laufe nach der Stelle, wo mein Dad versucht, das Mädchen zu beruhigen, während sie nur wissen will, was mit ihrem Pferd ist.

»Scotty. Scotty«, ruft sie die ganze Zeit, wenn auch nicht besonders laut – ihre gebrochenen Rippen hindern sie am Schreien.

Die Rippen und ihr Arm und das Schlüsselbein – das waren ihre schlimmeren Verletzungen, und sie mussten sie von dort, um das sich immer noch quälende Pferd herum, auf einer Trage wegbringen.

Das Pferd – ihr Lieblingstier, wie ich später erfuhr – mussten sie erlösen. Sie benutzten eine Nadel so dick wie eine Fahrradluftpumpe und spritzten ihm etwas, dass es schnell still wurde.

Woran ich mich als Nächstes erinnere, und es ist das eindrücklichste Bild von allem, was an jenem Tag geschah, auch wenn das Ganze zu schrecklich war, um auch nur daran zu denken, ein Storyboard daraus zu machen, ist dies: der lange, schöne Kopf des Pferdes, wie er von der Ladefläche des Pickups hängt – der Wagen ist zu klein für das Pferd, aber er ist der Einzige, der auf den schmalen Weg passt, und auch das nur, indem er fünfhundert Meter zurücksetzt –, als sie das Tier abtransportieren.

Danach brauchte das Mädchen seine Großmutter nicht mehr, um mir aus dem Weg zu bleiben. Sie machte es zu ihrem eigenen Gesetz, nie wieder ein Wort mit mir zu reden.

ZWÖLF

»Auf diesem ersten Bild hast du diesen großen, Rotz sprühenden Bullen, der den Torf vom Boden aufspritzen lässt, während er auf die Kamera losgeht, direkt vor dir.

Als Nächstes siehst du mich, wie ich überrascht aufblicke und dann aufspringe und renne. Als ich zurückschaue, siehst du in dieser Bildsequenz aus meinem Blickwinkel, dass der Bulle in unglaublich kurzer Zeit eine unglaublich lange Strecke zurücklegt. Hier siehst du in einer extremen Nahaufnahme mein Bild in seinen Augen.«

Wenn ihr extrem nahe an Emily herankommen könntet, würdet ihr mein Bild in ihren Augen sehen können, während ich ihr mein neuestes Storyboard für einen Film zeige, diesmal von einem Traum, den ich hatte. Wenn ich ihr nur klarmachen könnte, wie wichtig das alles für mich ist… wenn sie mich doch nur verstehen würde.

»Hier kommt jetzt eine von der Seite aufgenommene Weitwinkelaufnahme, sie zeigt mich, wie ich vor dem Bullen davonrenne, er hat die Hörner gesenkt, als wolle er sie mir in den Hintern rammen.

Aber dies ist ein Traum, und als ich das nächste Mal zurückschaue, siehst du statt der Hörner des Bullen den Kühlergrill eines alten Pick-up, und dann, nach einem neuen Schnitt, ist es auf einmal ein Pferd – jemand galoppiert auf einem Pferd hinter mir her und will mich umreiten.

Aber als Nächstes versinken meine Füße in diesem alten Slow-Motion-Traumsumpf, von dem wahrscheinlich selbst alte ägyptische Mumien träumen, dass sie sich durch ihn hindurcharbeiten – ein schneller Schnitt auf mich, wie ich nicht weiterkomme – eindimensional wie diese Wandbilder in den Pyramiden, mit einem eindimensionalen Bullen, der sich an meine Fersen heftet.

Dann Schnitt auf meinen Blickwinkel, Blick nach vorn – jetzt siehst du den Kopf und die Schultern meines Vaters dort über den Baumkronen. Ich weiß, er kann mich retten, und ich renne und renne, komme ihm immer näher.

Als Nächstes breche ich aus dem Unterholz und erwarte, ihn vor mir zu sehen, aber er ist irgendwie zu einem Teil der Gartenmauer geworden. Er ist jetzt aus Ziegelsteinen – zumindest ein Teil von ihm –, seine Beine spreizen sich über dem Bogentor zum Garten, sein Kopf ist aus Stein und mit einem Blätterkranz versehen (»Frag nicht mich‹, sage ich zu Emily. ›Ich hab mir das nicht ausgedacht: Es ist ein Traum.«), aber ich weiß, dass ich, egal, wie anders er auf einmal ist, in Sicherheit bin, sobald ich durch das Tor gelange, das er bewacht.

Ich stürze hinein und schlage die Tür hinter mir zu, und da ist eine Großaufnahme von der Tür, und du hörst einen gewaltigen Bums, und du siehst, wie sich die Tür durchbiegt und wieder zurückschlägt, wobei der Staub aus ihren Ritzen fällt. Aber sie hält.

Dann Schnitt auf mich, wie ich in einem Bett in dem Garten sitze, hoch aufgerichtet, als ob der Aufprall des Bullen mich aus dem Schlaf gerissen hat. Es ist Morgen, und ich öffne die Gartentür und gehe hinaus in der Erwartung, dass ich meinen Dad dort oben sehe, wie er Wache hält, aber stattdessen siehst du, dass es nur wieder die gewöhnliche Mauer ist. Ich suche im Wald nach ihm, dann siehst du in einer Großaufnahme, wie ich ängstlich über die Schulter zurückschaue, als ob da immer noch etwas hinter mir lauert und mich holen will, also gehe ich in den Garten zurück, wo es sicher ist, aber als ich dorthin komme, siehst du, dass da nicht einmal mehr eine Tür ist.

Ich taste an der Mauer entlang in der Hoffnung, doch noch eine Tür zu finden, aber jetzt ist es nur noch eine glatte Ziegelwand. Es gibt keinen Eingang. Und in dieser abschließenden Großaufnahme hier lege ich meine Wange an die kühlen Ziegelsteine und schließe die Augen, während das Bild ausgeblendet wird.«

»Interessant«, sagt Emily und gähnt.

Nach einer Pause fügt sie hinzu: »Aber hast du mir nicht erzählt, dass dein Film von deinen Erinnerungen handeln soll?«

»Ich weiß, ich weiß«, sage ich, »aber das hier war so *stark*, und ich kannte es, als ob ich denselben Traum schon mal gehabt hatte, und Träume sind doch auch eine Art von Erinnerung, deshalb überlege ich, ob ich es nicht hineinnehme.«

»Na ja«, sagt sie. »Ich glaube, ich verstehe diese ganze Filmsache sowieso nicht richtig.«

Es war Dämmerung und wir spazierten in der Nähe ihres Hauses durch die Straßen. Sie hatte gesagt, dass der Schuppen tabu sei, weil ihr Dad dort ständig ein und aus gehe, um Kantenschneider und Harken und sonstige väterliche Waffen im Krieg gegen das Gras zu holen, und Emily hatte klargestellt, dass sie nie und nimmer in meinen Schrottwagen einsteigen würde.

»Ich weiß nicht mal, ob ich sie schon verstehe«, sage ich. »Bhandaru hat mir mal geraten, nicht zu viel darüber nachzudenken und meinem Gefühl zu folgen, und das habe ich versucht.«

»Deinem Gefühl?«, sagt sie.

»Jedenfalls meint Bhandaru, das sei sowieso die beste Methode anzufangen.«

Vor dem Spiegel zu Hause bin ich immer sehr tapfer, wenn ich übe, wie ich Emily die Neuigkeit mitteile, dass ich mich verändere – mich immer weiter entferne von ihrer Vorstellung von »Wer bin ich?«. Aber wenn ich direkt vor ihr stehe? Dann lege ich jedes Mal den Rückwärtsgang ein.

»Es geht nicht nur um den Film«, platze ich heraus, »ich schlage mich auch noch mit ein paar anderen Ideen herum.«

»Ideen?«, fragt sie. »Welche denn?«

»Kunst, zum Beispiel«, sage ich.

Wo kommt *das* denn jetzt auf einmal her? Oh, ich weiß, ich versuche, mir ein noch *tieferes* Loch zu graben mit etwas, das in Emilys Augen *noch* weniger praxisbezogen ist.

Immer noch keine Antwort.

»Weißt du noch, wie ich dir erzählt habe, dass ich einen Zeichenblock hatte, als ich noch klein war, und wie ich damit auf der Schule groß rausgekommen bin?«, fragte ich.

»Du warst großartig«, sagte sie. »Ich weiß noch, wie Miss Carter dich vorn an der Tafel der Klasse vormachen ließ, wie du Bäume zeichnest.«

»Ja«, sagte ich. »Zeichnen mit Neal. Folge einfach den Kreidestrichen.«

»Du warst gut.«

»Mir hat es auch Spaß gemacht. Und das ist es, was ich meine. Wenn ich nur …«

»Ich weiß nicht, Neal«, sagte Emily. »Ich glaube, man muss aus einer Familie mit Geld kommen, wenn man so etwas machen will. Im Fernsehen habe ich gesehen, dass van Gogh in seinem ganzen Leben nur ein einziges Gemälde verkauft hat.«

»Hätte er also Zahnarzt werden sollen?«

Sie knuffte mich gegen den Arm.

»Nein, ich meine, du musst das zu Ende denken bis zu Dingen wie, wovon du dich … und vielleicht auch andere ernähren willst. Nahrungsmittel wachsen ja nicht gerade auf Bäumen.«

»Einige schon«, sagte ich.

»Du weißt, was ich meine«, sagte sie.

Wir spazierten schweigend ein paar Häuser weiter. Es wurde dunkel und man konnte die Leute in den erleuchteten Räumen umhergehen sehen. Ich merkte, dass ich sie ansah und mich fragte, wie *sie* es geschafft hatten, durchs Leben zu kommen und irgendwie das zu finden, was sie dann machen wollten. Ich achtete jedoch nicht darauf, wo ich hintrat, und kam vom Bürgersteig ab und hätte fast mein Gleichgewicht verloren.

Emily griff nach meinem Arm und zog mich zurück auf den Gehweg, dichter an sich heran. »Du bist so ein Träumer«, sagte sie und legte ihren Kopf an meine Schulter.

»Genau das sagt meine Mom auch«, sagte ich. »Dass ich ein Träumer bin genau wie mein Dad. Nur dass sie immer den Kopf schüttelt, wenn sie es sagt.«

»Es ist schön zu träumen«, sagte Emily. »Es macht Spaß, aber weißt du, was mein Dad mir mal gesagt hat? ›Es gibt keine guten Träume, es gibt nur gute Taten.‹«

Und gleich getan, ist ein Tritt in den Hintern gespart, dachte ich. Aber ich sprach es nicht aus.

»Weißt du«, sagte Emily, nachdem wir eine Weile gegangen

waren, »man muss gar nicht wirklich wissen, was man später mal machen will, wenn man mit dem BWL-Studium beginnt. Die Leute sehen das in deinem Lebenslauf und das reicht ihnen schon. Selbst wenn du beschließt, etwas ganz anderes zu machen.«

Ich hoffte, dass sie in der Dunkelheit nicht das Gesicht sehen konnte, das ich zog.

Warum war es in letzter Zeit so schwierig – mit Emily zu reden? Warum musste ich ständig auf der Hut sein, was ich sagte, und immer schon meinen nächsten Schritt vorausdenken? Langsam kam ich mir vor, als versuchte ich Poker zu spielen, während meine beiden Hände in Bowlingkugeln feststeckten.

Ein Teil des Problems war natürlich, dass sie alles über mich wusste, weil wir schon so viele Jahre zusammen waren. Ich konnte ihr nichts vormachen.

Ein anderer Teil war Emily selbst. Selbst als wir noch Kinder waren und unsere Eltern sich gegenseitig besuchten, schrieb sie einem dauernd vor, wie man richtig mit etwas spielt und dann alles wieder in die Schachteln zurücklegt, wenn man aufhört – sie bestand sogar darauf, dass ihre Mutter die Kartons aufhob, in denen etwas gekauft worden war.

Aber da war noch etwas, das es besonders schwierig machte, vor allem in letzter Zeit.

Ich fühlte, dass ich mich änderte – aber fragt bloß nicht, in welche Richtung. Das gehört zur Veränderung – dass man das nicht weiß. Und es ist schwer, sich zu ändern, wenn du mit jemandem zusammen bist, der dich so gut kennt. Was immer du sagst, jeder noch so kleine Schritt lässt dich genau die Person sein, die du warst, statt der neuen Person, die du werden willst. Es ist unmöglich, da auszubrechen und du selbst zu sein – dein neues Selbst –, was immer das auch am Ende ist.

Für eines waren die Gespräche mit Emily allerdings immer noch gut, nämlich dass es mir umso leichter erschien, mit Claire zu reden.

Zuerst sollte ich vielleicht erwähnen, dass wir wieder miteinander geredet hatten – Claire und ich.

Am Tag, nachdem mein Auto liegen geblieben war, hatte ich auf sie gewartet. Ich stand dort auf dem Parkplatz, die Haube meines Wagens weit geöffnet – muss ich erwähnen, dass er längst wieder repariert war? –, an einer Stelle, von der ich wusste, dass sie da vorbeikommen musste. Und ich hatte dort gerade ein paar Minuten gewartet, da kam sie raus.

Ich bückte mich schnell unter die Motorhaube und fuhrwerkte in dem Gewirr aus Kabeln und Schläuchen herum, als ob ich genau wüsste, was ich da tat, abgesehen davon, dass ich Schmierfett an die Hände bekam.

»Schon wieder?«, fragte sie, als sie näher kam.

»Oh, Tag«, sagte ich und tat unschuldig. »Nein, er läuft prima – es war nur die Batterie, wie ich vermutet hatte. Ich seh nur noch mal nach.«

»Gut.« Sie zögerte einen Moment, bevor sie weiterging, und ich sah eine Chance.

»Claire«, sagte ich.

Sie blieb stehen, die Sonne ging hinter den Bäumen am Parkplatzrand unter und strahlte sie von hinten an, genau wie damals, als ich sie im Wald auf ihrem Pferd gesehen hatte. Ich brauchte eine Weile, um meine Stimme wieder zu finden.

»Ja?«, sagte sie.

»Wie läuft dein Pick-up?«

(Eine erbärmliche Anmache, ich weiß. Aber schreibt ihr hier doch einmal schnell etwas Besseres hin: »——«)

»Gut«, sagte sie, fast ohne die Lippen zu bewegen.

Sie wollte weitergehen, zögerte dann jedoch. »Aber ich mach mir ein wenig Sorgen«, sagte sie.

»Worüber?«, fragte ich.

»Nun, ich will über das Wochenende Heu holen, und ich bin nicht sicher, ob er das schafft.«

»Vielleicht könnte ich dir helfen«, sagte ich. »Ich könnte hinterherfahren. Ich meine, für den Fall, dass du liegen bleibst oder so was. Nimm es als Rückzahlung.«

Sie überlegte.

»Ja, ich glaube, das wäre gut«, sagte sie. »Mir müsste wahrscheinlich auch jemand beim Aufladen helfen. Ich hatte schon Sorge, dass meine Mom mir ihre Hilfe anbieten würde. Sie hat's im Rücken.«

»Also wann?«, fragte ich.

»Samstag, wahrscheinlich.« Sie nannte mir den Ort draußen auf dem Land, wo sie das Heu abholen würde. »Ist neun in Ordnung?«

»Ich werde da sein«, sagte ich.

»Gut«, sagte sie.

Es kann natürlich auch der Schatten des Zweiges, unter dem sie hindurchging, gewesen sein, aber ich glaube, ich sah ein winziges Lächeln über ihr Gesicht huschen.

DREIZEHN

Am Samstag darauf fuhr ich hinter Claires Rostlaube von Pick-up her, auf dessen Ladefläche Heuballen hoch aufgeschichtet waren, wobei die schwankende Ladung dafür sorgte, dass unter ihr noch größere blaue Rauchwolken als üblich ausgestoßen wurden, sodass das Hinterherfahren für mich fast wie eine Fahrt im Nebel war.

Jetzt, da es wirklich passieren sollte, jetzt, da ich wirklich zurückkehren sollte auf das Anwesen und die Orte wieder sehen würde, an denen ich als Kind mit meinem Dad herumgestreift war, hatte ich ein bisschen Angst. Am meisten fürchtete ich, dass meine verrückten Filmträume die ganze Filmspule sprengen und sich total verwirren würden angesichts dessen, was ich wirklich sehen würde: Vielleicht entpuppte sich die Schlucht als schlichter Graben, der Garten nur als terrassenförmiges Flussufer aus Zement inmitten eines Riesenbüschels vertrockneten Unkrauts und das Große Haus als ein alter Müllhaufen.

Vielleicht fand ich heraus, dass mein Vater nicht die mächtige Gestalt mit langen Beinen oder goldenen Flügeln war, sondern nur irgendein weiterer alter Furz, an dem du auf der Straße vorbeigehst und dabei allenfalls denkst: Wo kriegt der nur diese grässlichen Klamotten her? Ihr wisst schon, bunt karierte Bermudashorts, die bis zu den Achselhöhlen hinaufgezogen sind, Sandalen mit schwarzen Socken, Golfhemden mit Bildern von kleinen Eichhörnchen darauf und so.

Dann war da noch Claires Großmutter – mittlerweile zwar verstorben, aber wahrscheinlich spukte sie dort noch herum. Ich hatte immer noch Bilder von ihr in meinem Kopf, so wie man sie in einem zersprungenen Spiegel sieht: Wie sie mit vor der Brust verschränkten Armen dasteht und die Stirn runzelt, während mein Vater und ich das Atelier von Claires Mutter verlassen. Ihr zorniges Gesicht, als sie meiner Mom meine zusammengerollte Zeichnung gibt. Und dann, noch verwirrender, wie sie am Tag, bevor wir das Anwesen für immer verließen, zur Haustür hereinstürmt und herumschreit.

Dieser letzte Auftritt hatte mich wirklich erschreckt. Als ich Mom später danach fragte, wimmelte sie mich ab, und dann zogen wir weg, und Dad starb, und irgendwie schien das alles zusammenzuhängen, aber etwas hielt mich davon ab, Fragen zu stellen. Selbst heute Morgen, als ich ihr sagen wollte, wohin ich fuhr und mit wem, sah sie zuerst irgendwie aufgeschreckt aus. Dann wollte sie nichts mehr darüber hören.

Worauf hatte ich mich hier überhaupt eingelassen? Vielleicht hätte ich mich einfach mit meinen Erinnerungen an das Anwesen und an meinen Vater, so wie sie *waren*, zufrieden geben sollen. Vielleicht sollte ich mich mehr auf die Gegenwart konzentrieren, an der doch deutlich abzulesen war, dass ich noch hart an mir arbeiten musste.

Dort vorn, zum Beispiel, direkt vor mir, fuhr Claire, die absolut in der Gegenwart verankert und bestimmt kein Gespenst war. Ich hätte mir schon gern ausgemalt, wie ich mehr Zeit mit ihr verbringen könnte, auch wenn ich winzige Schuldgefühle hatte, sobald ich an Emily dachte und an unsere unausgesprochenen Versprechungen.

Aber stopp! Keine Illusionen. Ich helfe Claire nur beim Heuholen.

Revanchiere mich. Wirklich! Mehr ist da nicht dran. Richtig? (Blinzelt, wenn ihr mich hören könnt.)

Ich folgte Claire durch ein Seitentor und eine Straße entlang, auf der ich gleichzeitig den Schlaglöchern und den Steinen ausweichen musste, die ihr Pick-up aufwirbelte.

Halbtotale, bewegte Einstellung: Durch die Windschutzscheibe des gelben Mietlasters seht ihr uns drei – mein Vater sitzt am Steuer, meine Mutter hat den Arm um mich gelegt. Ihr seht uns auf und nieder hüpfen, während wir durch die Schlaglöcher rumpeln und hören, wie unsere Sachen hinten im Laderaum klappern.

Großaufnahme von mir und meiner Mom:

»Warum gehen wir weg, Mom? Wo ziehen wir hin?«, frage ich.

»Dein Dad hat einen neuen Job«, sagt meine Mom.

»Was für einen, Dad?«, frage ich.

Großaufnahme von Dad im Profil: Er hat schwarze Ringe unter den Augen, sein Haar ist durcheinander, er hat sich nicht rasiert.

»Wir werden sehen«, sagt er. »Wir werden sehen.« Sein Blick ist starr auf die Straße gerichtet.

Schon habe ich Probleme damit, das, was ich sehe, mit meinen Erinnerungen an das Anwesen in Einklang zu bringen. Dass ich alles durch die Windschutzscheibe sehe, hilft auch nicht gerade. Wenn du irgendwo lang gehst, siehst du immer nur eine einzelne Sache, diesen Baum, jene Blume – dieses Gebüsch, jenen Felsen. Aber jetzt ist es mehr wie eine Landschaftsszene – so in etwa, wie sie am Anfang eines Films gezeigt wird. Die Dinge gleiten einfach über die Windschutzscheibe.

Nach wenigen Minuten waren wir vor dem Großen Haus. Alles war kleiner und näher zusammen, als ich es in Erinnerung hatte.

Ich stieg aus meinem Wagen, stützte mich auf die offene Tür und sah am Haus hinauf. Ich erkannte sofort, dass sich eine Menge geändert hatte. Es wirkte alles so verschwommen, als hätte ich Tränen in den Augen. Die Farbe blätterte ab wie bei einem schlimmen Sonnenbrand, und man sah große Flecken nackten Holzes, außer auf der einen Hausseite, die eine andere Farbe hatte und total verblichen war. Eine der Regenrinnen hing quer wie die rote Seite eines Warndreiecks. Ein Schornstein war herabgestürzt und hatte eine Linie zerbrochener Ziegel auf dem Dach hinterlassen. Ein Teil des Wintergartendaches war eingestürzt und ein Ast lag darauf.

Es kam mir vor wie ein »Wer findet die zwanzig Fehler«-Suchbild in Kinderbüchern.

Claire kontrollierte einen der Hinterreifen ihres Pick-up, als sie mich die Stirn runzeln sah.

»Ich weiß auch nicht, wie das passiert ist«, sagte sie. »Bevor ihr weggezogen seid, hat dein Dad das Haus angestrichen, aber die Farbe ist nach einem Jahr schon wieder abgeblättert – außer dort, natürlich«, sagte sie und zeigte auf die verblichene Seite. »Die hat er nicht mehr geschafft.«

Ich dachte noch mal nach über alles und war schon drauf und dran, wieder ins Auto zu steigen und wegzufahren, aber da lief Claire, erleichtert darüber, dass der Reifen in Ordnung war, die Vordertreppe hinauf. Sie eilte durch die Eingangstür und ich folgte ihr.

Obwohl es schon mitten am Vormittag war, war es hier unten im Großen Haus dunkel. Wir durchquerten mehrere dunkle, leere Räume. Als wir einen langen Flur hinuntergingen, sah ich endlich Licht. Es kam durch die dünnen Gardinen, die mehrere Glastüren am anderen Ende abdeckten.

Claire ging an die Türen und klopfte.

»Mom?«

Ich spürte, wie sich meine Eingeweide zusammenzogen.

Man hörte drinnen einen Stuhl über den Boden schrammen und dann Schritte. Eine Frau kam an die Tür, schob die Gardinen beiseite und spähte heraus, dann öffnete sie eine der Türen. Es war Jahre her, dass ich sie gesehen hatte – Claires Mutter – und damals war ich ein Kind gewesen. Ihr Gesicht war etwa wie das von Claire, nur länger, und ihr Haar wurde grau. Sie hatte Claires lebhafte braunen Augen und immer noch die entwaffnende Schönheit, die sie schon damals gehabt und die Claire von ihr geerbt hatte. Irgendetwas an der Art, wie ihre Nase, ihr Mund, ihre Augen und ihr Haar zusammengesetzt waren, brachte einen dazu, sie einfach nur anzustarren.

Als Kind hatte ich nicht sagen können, was das war, aber ich glaube, jetzt habe ich es endlich herausgefunden:

An den meisten Leuten findet man Fehler – sie haben eine Himmelfahrtsnase oder eine behaarte Warze auf dem Kinn – und man ist – wie soll ich das nennen? Erleichtert vielleicht: »He, da ist jemand, der normal aussieht (ein bisschen komisch), genau wie ich.«

Aber an Claires Mutter war kein Fehler – sie war perfekt, und man musste sie einfach immer weiter anschauen, so wie diese sich drehenden Spiralen, die dich immer tiefer hineinziehen. Sie war es vermutlich gewöhnt, dass Leute sie anstarrten.

»Claire«, sagte sie, »du hast mir nicht erzählt, dass du Besuch mitbringst.«

»Er bleibt nicht lange, Mom. Ich brauchte Hilfe.«

Ich lächelte und winkte.

»Das ist ja der kleine Neal«, sagte sie. Sie machte die Tür weiter auf und ließ dieses überwältigende Lächeln aufleuchten, das nur Claires Mutter haben konnte.

Normalerweise mag ich es nicht, dass mich jemand »kleiner« Sonstwie nennt, aber diese Frau hätte auch »Klein Rotkäppchen« zu mir sagen können, wenn sie gewollt hätte.

Durch die offene Tür konnte ich in einen großen, unaufgeräumten Raum sehen, der – wie ich mich dunkel erinnerte – ihr Atelier war, mit einer Fensterwand auf der einen Seite, als wäre er einmal eine Veranda gewesen. Ein paar große Tische und eine ganze Menge Staffeleien – jede mit einer quadratischen Leinwand darauf – füllten den Raum.

»Ja, Tag«, sagte ich und verkniff mir jedes weitere Wort, damit ich nichts Dummes sagte.

»Wie geht's denn so?«, fragte sie.

»Gut«, antwortete ich und hoffte, dass sie Männer mochte, die wenig Worte machten – sehr wenige.

»Kommt ihr an eurem neuen Ort zurecht?«

»Oh ja«, sagte ich. »Wir sind jetzt schon eine lange Zeit dort.«

»Sechs Jahre«, sagte sie.

»Ja«, sagte ich, »sechs Jahre.«

»Nun, es ist schön, dich zu sehen, aber das Reden müssen wir auf ein andermal verschieben. Ich habe zu tun, Liebes.« Ihre Mutter sagte das mehr zu Claire als zu mir. »Warum machst du euch nichts zu essen? Neal soll sich zu Hause fühlen.«

»Typisch Mom«, sagte Claire ein paar Minuten später, während sie in der großen, dunklen Küche des Hauses beschäftigt war. »Ich weiß nicht, wie gut du dich an sie erinnerst.«

Wie gut? Claires Mutter war meine erste Traumfrau gewesen.

»Ziemlich gut«, sagte ich.

»Bisschen heiß heute für Suppe«, sagte Claire, als sie die Riesenschale vor mich hinstellte. Wir saßen an dem großen Tisch in der Küche, an dem wir damals gegessen hatten, als wir Kinder waren und Claires Mutter uns einander vorgestellt hatte. »Aber im Küchengarten ist Erntezeit«, fuhr Claire fort, »alles ist reif. Es macht Spaß, mit alldem zu kochen.«

In der Schale schwamm eine Ladung Gemüse und drängelte sich in der Brühe: Karotten, Kartoffeln, Bohnen, Erbsen und noch einiges anderes, von dem ich nie gehört hatte, wie ich merkte, als Claire sie mir nannte – Koriander, Kohlrabi, Kohlrüben.

Das meiste, was wir zu Hause an Gemüse aßen, kam aus dem Supermarkt, wo sie die beiden üblichen Sorten hatten: Kopfsalat und Tomaten.

»Was für eine Suppe ist das?«, fragte ich.

»Wir nennen sie ›Steinsuppe‹«, sagte sie, »wie in diesem Kinderbuch.«

Ich muss ihr einen meiner preisgekrönten, verständnislosen Blicke zugeworfen haben.

»Die Leute in dem Ort, in dem das spielt, können es nicht ertragen, dass ein Dorfbewohner immer Suppe mit Steinen isst«, erklärte sie, »also bringen sie ihm alles Mögliche, was sie haben – Sellerie, Karotten, was auch immer. Und genauso macht es Mom. Sie wirft alles hinein, was gerade da ist.«

»Sie schmeckt gut«, sagte ich.

Als wir das Heu auf den Stallboden geschleppt hatten und sie mich ihrem Pferd vorgestellt hatte (»Hallo, Hester! Nette

Nüstern.«), spazierten Claire und ich einen der Wege entlang.

»Übrigens, versteh meine Mom bitte nicht falsch, sie ist zu jedem so. Sie lässt sich von niemandem von ihrer Arbeit abhalten.«

»Schon okay«, sagte ich.

»Nun, wie findest du es hier?«, fragte sie. »Hat es sich sehr verändert?«

»Zunächst mal sieht es aus, als hättet ihr alles um ein Drittel schrumpfen lassen«, sagte ich.

Sie lachte. »Und es ist ganz schön heruntergekommen, stimmt's?« Ich war froh, dass sie es sagte.

»Scheint so«, sagte ich.

»Ich hab dir ja gesagt, seit ihr damals gegangen seid, haben wir es allein versucht, aber es war zu viel, besonders nach Grams Tod. Meine Mom war nach einer Weile richtig gut in solchen Sachen – du weißt schon, verstopfte Waschbecken wieder zum Laufen bringen und so –, aber schließlich fand sie, dass es ihr zu viel Zeit von ihrer Kunst wegnahm.«

»Was ist mit dem Garten?«, fragte ich und dachte an meinen Traumgarten, dessen Mauer ich auf der Fahrt zum Großen Haus gesehen hatte.

»Den muss ich dir auch zeigen«, sagte Claire. »Grams hat ihn bis zu ihrem Tod immer verschlossen gehalten – damit keine Rehe und Kaninchen hineinkamen, sagte sie – und sie hat den Schlüssel irgendwo versteckt. Ich habe schon lange nicht mehr an ihn gedacht. Ich werde ihn suchen.«

Sie ging mit mir herum und zeigte mir alles – den Strider-Teich, den Snake Creek, sogar die Schlucht, die, wie ich erfreut entdeckte, bei weitem nicht so stark geschrumpft war.

Schließlich fanden wir uns auf einer der größeren Lichtungen wieder. Es war die, die Dad das »Meer der Stille« genannt hatte – nach diesem riesigen, flachen, weiten Krater auf dem Mond?

»Dies ist mein Lieblingsort«, sagte Claire.

Ein alter Wagen mit platten Gummireifen stand mitten auf der Lichtung in einer Wagenspur. Claire stieg auf den Sitz hinauf und ich setzte mich neben sie.

Mittlerweile hatte die Dämmerung eingesetzt – eigentlich sollte es schon Nacht sein, aber der Sommerhimmel war noch immer ziemlich hell. Der Himmel hatte ganz unterschiedliche Schattierungen – er war sonnig, aber zugleich mit Wolken bedeckt, so wie in einem Wetterkundebuch, das alles zeigen will und sich nicht entscheiden kann.

Wir saßen da und blickten auf die Wagenspuren, die zum Rand der Lichtung hin undeutlich wurden.

»Kannst du dir vorstellen, dass all dies für Häuser zerstört wird?«, sagte ich.

»Nein«, sagte Claire. »Für mich ist dies der einzige Ort, an dem ich gelebt habe, ich meine, an den ich mich erinnern kann.« Sie blickte nach hinten und dann nach vorn. »Genau hier würde die Hauptstraße durchgehen.«

»Mitten durch das Große Haus«, sagte ich. Es stand direkt hinter den Bäumen.

»Hast du es so genannt? Das Große Haus?«, fragte sie.

»Ja, mein Dad hatte für alles Namen.«

»Für alles?«, fragte sie mit einem leisen Lächeln. »Wie hat er mich genannt?«

»Norma Jean«, sagte ich und ließ »Die Dschungelkönigin« weg.

Sie lachte und verlor ein bisschen von ihrer Anspannung. »So weit ich mich erinnere, war er nett«, sagte sie.

»Was weißt du noch von ihm?«, fragte ich.

Sie erzählte mir, wie er sich immer um Pflanzen kümmerte, die sie längst aufgegeben hatten – Weihnachtssterne im Januar, Hyazinthen nach Ostern. Er päppelte sie in einem »Pflanzenkrankenhaus«, das er in einer Ecke des Gewächshauses eingerichtet hatte, auf und setzte sie wieder in große Blumentöpfe, die er ihrer Mutter zu Feiertagen überreichte – »für das Haus«. Wie Claire ihm eines Tages einen Kardinalvogel gebracht hatte, der gegen ein Fenster geflogen war und sich verletzt hatte, und wie er ihn in eine Schachtel gesetzt und ihn gefüttert hatte, bis er kräftig genug war, um wieder zu fliegen. Wie er immer so großzügig gewesen war.

»Ich weiß noch, dass er mir immer sagte, dass man teilen soll«, sagte ich. »Gib und vergiss, so hat er es ausgedrückt. Ich habe vor ein, zwei Wochen gerade mit meiner Mom darüber gesprochen.«

»Ich glaube, manchmal habe ich sogar gespielt, dass er mein Vater sei«, sagte Claire.

»Was ist eigentlich mit ihm passiert?«, fragte ich. »Mit deinem Vater, meine ich.«

»Er hat wieder geheiratet«, sagte sie. »Er war ihr untreu, und als Mom das herausfand, wollte er die andere Frau nicht aufgeben, und wir kamen hierher. Ich war noch so klein. Meine Mom hat nie wieder viel über ihn geredet, nachdem wir fort waren. ›Da gibt's nicht viel zu reden‹, hat sie mir einmal gesagt.«

Sie sagte, ihr Vater hätte sich jemand anders gesucht, als er begriffen hätte, dass Claires Mutter nicht die Vorzeigefrau war, mit der er seine Firmenkumpels beeindrucken konnte.

»Als ihr klar wurde, dass sie malen wollte«, sagte Claire, »war es sowieso aus. Mom macht nie halbe Sachen, und wenn sie sich erst einmal zu etwas entschlossen hat, auch wenn es ein bisschen anders ist, als die Leute erwarten… nun, wir haben ihn jedenfalls lange nicht mehr gesehen.«

»Sie und mein Dad haben sich gut verstanden, nicht wahr?«, sagte ich. Ich dachte daran, wie sie mich wegschickten, wenn sie miteinander redeten, oder an die Male, da mein Dad unendlich lange in ihrem Atelier war, und meine Mom mich hinschickte, um ihn zum Abendessen zu holen.

»Ja«, sagte Claire. »Obwohl sie auch wieder ganz verschieden waren.«

»Inwiefern?« Das klang mir neu.

»Nun, ich habe sie manchmal reden hören, wenn sie dachten, dass sie allein waren. Sie zog ihn immer damit auf, dass er dauernd sagte: ›Kommt Zeit, kommt Rat.‹«

»Ja«, sagte ich, »ich erinnere mich: ›Brennt das Haus ab? Verblutet jemand? Tobt ein Tornado?‹ Meine Mom macht sich jetzt schon darüber lustig, dass ich genauso bin.«

»Auch wenn dein Dad ganz anders war als meine Mom«, sagte Claire, »ich glaube, sie mochte ihn trotzdem sehr. Es war, als mache er ihr bewusst, dass es auch einen anderen Weg gab, um glücklich zu sein.«

Eine Weile waren wir beide still. Als ich den Rand der Lichtung nicht mehr erkennen konnte, fiel mir plötzlich auf, dass es dunkel geworden war.

Claire brach das Schweigen. »Manchmal empfinde ich es als albern, sich so an dieses kleine Stück Land zu klammern, wo doch der ganze Planet in Wirklichkeit auch nur ein winziges Stück Land ist. Ich meine, dort draußen ist das Universum«, sagte sie und sah hinauf. »Ist dir das klar? Ich meine, wir sitzen hier auf dem Rand und sehen dort hinaus, als befänden wir uns in einem Raumschiff.«

Und als ich hinaufblickte, von der Höhe des Wagens, wurde mir plötzlich schwindelig, so wie es einem hoch oben in einem Riesenrad passiert, wenn sie es anhalten und deine Kabine vor und zurück schwingt. Ich streckte meine Hand aus, um mich abzustützen, und merkte, dass ich sie auf Claires Schenkel gelegt hatte.

Im schwindenden Licht konnte ich sie lächeln sehen. Sie lehnte ihren Kopf an meine Schulter und legte ihn auf eine Art zurück, die mir sagte, dass ich sie küssen sollte.

Als ich es tat, dachte ich für einen Moment schuldbewusst an Emily, aber dann war da plötzlich etwas anderes:

Ja, mit Emily könnte es derselbe Himmel sein mit all diesen wundervollen Dingen darin, und ich würde ihm näher kommen, aber dann würde ich … als wäre da ein unsichtbares Glasdach, durch das ich hindurchsehen, aber nie hindurchgelangen könnte. Ich kam nie wirklich *raus.* Aber mit Claire – es war genau, wie sie es beschrieben hatte, als wäre ich am Rand von etwas und nichts war mehr im Weg. Und während ich mich fallen ließ, begann ich mich frei zu fühlen. All die Jahre der Trauer, des Verlangens, des Alleinseins lösten sich auf und strömten aus mir heraus. Ich wollte ihr das alles erzählen, aber stattdessen sagte ich nur:

»Ich hab das nie so gesehen. Den Himmel, meine ich.«

»Sei still«, sagte Claire.

VIERZEHN

»Können Sie einen Gabelstapler fahren?«, fragt Spiro mich eines Morgens. Vinnie hat sich krank gemeldet, und Lou mit seinen schlechten Augen kann überhaupt nichts fahren (AUSSER AUTOS!), und irgendeiner muss schließlich den schweren Kram herumkutschieren.

Obwohl ich nie auch nur auf so einem Ding gesessen habe, wenn Vinnie es fahren kann, muss es kinderleicht sein. Also antworte ich: »Klar, kein Problem«, und kaum dass Spiro weg ist, lasse ich mir von Lou zeigen, wie es funktioniert.

Zu meinem Glück ist es genauso leicht, wie es aussieht. Gabelstapler sind anscheinend der Prototyp für den Autosalon der großen Affen: Steuerrad, Gaspedal, Bremspedal. Zwei Hebel: Der linke bewegt die Gabel auf und ab, den rechten kannst du auf Vorwärts, Stand, Rückwärts stellen.

Bald schon sauste ich auf dem Ding durch das Lagerhaus. Man konnte nicht wirklich schnell fahren, aber es wirkte so, weil man nur dreißig Zentimeter von den aufgestapelten Kartons auf beiden Seiten entfernt war. Obendrauf hatte er ein sich drehendes, gelbes Warnlicht und eine Hupe, sodass es schwer war, jemanden zu überfahren, außer vielleicht Barney, der manchmal mitten auf dem Gang in Tiefschlaf fiel.

Nach ein oder zwei Tagen war ich sogar ziemlich gut darin, Paletten mit irgendwelchen Sachen von einem Stapel zu heben und sie auf die Laderampe hinauszufahren. Man musste schnell sein, besonders wenn schon eine ganze Schlange von Lastwagen wartete.

Als Vinnie wieder da war und ich wieder Aufträge zusammenstellte, steckte Spiro seinen Kopf zum Büro heraus und sagte: »Was machen Sie da? Ich brauche Sie auf dem Gabelstapler.«

»Aber ich dachte, Vinnie...«, begann ich.

»Denken Sie nicht so viel«, sagte Spiro.

Ich versuchte, Vinnie nicht anzusehen, aber ich fühlte seinen Fünfhundertmeter-Killerblick, der mir die Haare am Hinterkopf versengte. Als ich mich nach der Mittagspause auf den Gabelstapler setzte, spürte ich etwas Feuchtes unter mir. Jemand hatte einen dicken Streifen frisches Schmierfett unter den Vorderrand des Sitzes gespritzt. Ich wischte meine Hose auf der Männertoilette mit Papierhandtüchern sauber und sagte nichts.

Hätte ich es doch getan.

Am nächsten Morgen kurvte ich herum und transportierte Kartons mit Toilettenschüsseln, Waschbecken und diversen Kleinteilen. Sie waren in der Nacht zuvor angeliefert und in einem der Wildwuchsbereiche des Lagerhauses bis unter die Decke aufgestapelt worden, sodass es (a) nicht ganz ungefährlich war, sie auf die Gabel zu bekommen, und man (2) einen weiten Weg bis zur Laderampe hatte.

Mein Dad hat mir mal einen Rat gegeben, als ich mich eines Morgens abhetzte, um noch rechtzeitig für die Schule fertig zu werden. »Wenn du sowieso schon viel zu spät dran bist«, sagte er, »kannst du dir genauso gut Zeit lassen.« Aber ich muss das vergessen haben. An diesem Morgen hatte sich mein Radiowecker in einen Traum eingeschlichen und auch dann noch weiter gespielt, als ich ihn schon total zertrümmert hatte. Als ich schließlich merkte, was los war, war es viel später, als es sein sollte. Alle anderen waren längst da und arbeiteten schon. Lou sagte mir, ein Lastwagen sei über Funk angekündigt und müsse beladen werden, und er beschrieb mir, wo all die Sachen waren, die ich transportieren sollte. Ich sprang auf den Gabelstapler und schaltete die Warnlampe und das Hupsignal an für den Fall, dass Spiro zufällig herauskam.

Ich weiß nicht, ob ich zu sorglos war. Vielleicht habe ich mir zu wenig Gedanken darüber gemacht, wie ich die Ladung über diese weite Strecke auf der Gabel halten sollte, und vielleicht dachte ich auch, das Zeug sei doch gut verpackt in Pappe und Schaumstoff, und vielleicht war ich auch schon ein bisschen eingebildet, weil ich so ein Supergabelstaplerfahrer war. Jedenfalls rase ich mit einer vollen Ladung die ganze Länge des Lagerhauses entlang und stoße auf die Laderampe hinaus, als das Ding plötzlich weiter voranprescht, obwohl ich den Fuß schon vom Gaspedal genommen habe, und ich in Panik gerate, als der Rand der Rampe immer näher kommt, und auf die Bremse trete – voll durchtrete – und im selben Moment die ganze Palette mit Toilettenschüsseln von der Gabel rutscht, auf die Kante der Rampe knallt, einen Zeitlupenaugenblick lang, der aber genügen würde, dass jemand runterspringt und sie zurückschiebt (doch wir stehen alle da, als ob wir auf einer Wolke schweben und dies irgendeine Unterhaltungsshow ist, die dort unten bei diesen primitiven Erdlingen spielt). Das Ding hängt in der Luft und kippt dann um und kracht kopfüber auf den Boden, mit einem Geräusch, als ließe ein Müllllaster eine Ladung Teller auf den oberen Absatz einer Treppe krachen.

Irgendwie ist Spiro zur Stelle, bevor der Fahrer – der immer noch zurücksetzt – aus seinem Führerhaus springen kann, und er schäumt, sprüht, dampft, kocht, faucht derart vor Wut, dass er die Coladose in seiner Hand zerdrückt wie ein Überraschungsei, sodass die braune Flüssigkeit oben herausspritzt und sich zu seinen Füßen in einer Pfütze sammelt, die aussieht wie sprudelndes Blut.

»-ack, -ack, -ack, Thackeray!« Er kann kaum sprechen. Dann findet er seine Stimme und bellt: »Thackeray! Räumen Sie das weg, stempeln Sie Ihre Karte ab und holen Sie sich Ihren Lohn! Sie sind gefeuert!«

Und dann ist er weg.

Und ich auch.

Alle weichen mir aus, als sei ich plötzlich radioaktiv, nur Vinnie nicht, der sich ein abschließendes »Pech gehabt, Goldei« nicht verkneifen kann, als die Zeituhr zum letzten Mal meine Karte stempelt. Selbst Claire kommt nicht heraus, aber sicher hat sie gar nichts mitgekriegt – Spiro mit an seinem Arm heruntertropfender Cola ist ja ein täglicher Anblick –, und ich will nicht zu ihr hineingehen und sie da hineinziehen. Ich kann sie ja später anrufen.

Obwohl Mom nicht da ist, ist mir nicht danach, nach Hause zu gehen. Dort würde mich alles an meinen Misserfolg erinnern – falsch, meine Misserfolge: Das Ticken der Uhr würde mich in der Stille dort noch sechs oder sieben Stunden lang darauf aufmerksam machen, dass ich eigentlich ganz woanders sein sollte, das Foto von meinem Dad würde vom Bücherregal auf mich herabsehen. Ich überlegte, ob ich Emily anrufen sollte, spürte aber, dass ich erst noch darüber nachdenken musste, wie ich ihr erklären wollte, dass ich den Job verloren hatte, mit dem ich zeigen sollte, wie ernst es mir war.

Also fahre ich ziellos herum und lande schließlich, ohne besonderen Grund, am Harding-Anwesen.

Ich parke gegenüber der Haupteinfahrt, nur um für ein paar Minuten ein wenig nachzudenken. Da fällt mir ein Wagen von einem Wachdienst auf, der hinter dem Tor parkt, und ein Typ darin, der ein Sandwich isst.

Während ich dasitze, hält ein Laster der OK Bau in der Einfahrt. Der Typ steigt aus dem Wagen und öffnet die beiden Torflügel. Er sagt etwas zu dem Fahrer und sie lachen beide. Dann tritt er zurück und der Lastwagen fährt hinein.

Während er auf dem Anwesen verschwindet, schließt der Typ die Tore wieder und wirft einen langen Blick zu mir herüber, bevor er wieder in seinen Wagen einsteigt und sein Mittagessen beendet.

FÜNFZEHN

Als ich meiner Mom die Kurzfassung meiner »Was ich diesen Sommer getan habe (um gefeuert zu werden)«-Story erzähle, sieht sie kein bisschen überrascht aus. Sie sagt nur ruhig: »Nun, es gibt immer noch einen nächsten Sommer, denke ich.« Mehr sagt sie nicht.

Schlimmer hätte sie mich nicht behandeln können.

Ich ging Emily aus dem Weg, aus Angst, sie könnte allzu eifrig dahinterher sein, dass ich Bewerbungsformulare für Wirtschaftsschulen ausfüllte. Wozu sollte ich mir an einem einzigen Tag allzu viel Leid aufladen?

Also halste ich schließlich Claire die ganze Situation auf, ziemlich in Sorge, wie sie es aufnehmen würde. Sie öffnete empört den Mund, als ich erzählte, wie die Ladung über dem Rampenrand hing, und sie wurde zornrot, als ich von Spiros Reaktion berichtete.

»Ein Glück, dass du nicht zu Tode gekommen bist«, sagte sie mit Erleichterung in den Augen. »Das ganze Ding hätte hinunterstürzen und dich unter sich begraben können. Wieder mal typisch Spiro, dir die Schuld zuzuschieben. Dieser Idiot!« Und sie knuffte mich und gab mir dann einen Kuss, der das alles wert war.

Wie gesagt, mit Claire war alles so viel einfacher. Ich hatte nicht das Gefühl, dass ich jedes Mal, wenn ich den Mund aufmachte, meine pure Existenz verteidigen müsste. Auch wenn ich wieder mal alles verpatzt hatte, schien es anders als sonst immer zu sein, nicht so ein »Ich gegen den Rest der Welt«.

»Na, versuch es positiv zu sehen«, sagte Claire. Wir saßen nebeneinander an einem Tisch im »Cup 'n' Spoon«, wo wir uns am späten Nachmittag nach der Arbeit trafen – Claires Arbeit, versteht sich.

»Ja, toll«, sagte ich. »Ich hab meiner Mom einen weiteren Grund gegeben, an mir zu verzweifeln, ich werde nicht einmal den Versuch machen, einen Job für die restlichen Ferienwochen zu finden, ich bin total pleite, mein ›Nicht abgeschlossen‹ ist nicht fertig, und ich werde jetzt im Herbst den Kurs wiederholen müssen, ich hab noch nicht mal angefangen, mich fürs College zu bewerben, und ich hab keine Ahnung, was ich überhaupt studieren soll.«

»Was für ein ›Nicht abgeschlossen‹?«, fragte sie und ignorierte meinen Frust.

»Hast du von Mr. Bhandaru gehört, dem Filmlehrer an meiner Schule?«

Claire war auf einer anderen Schule gewesen, aber ich war sicher, dass sie ihn kannte. Zusätzlich zu seiner Fernsehshow beendete er das Schuljahr immer mit seinem (Ja, halt die Luft an!) »Internationalen-Weltpremieren-Debut-Film-Festival«, auf dem er die besten Filme seines Kurses aus dem abgelaufenen Jahr zeigte.

Habe ich schon erwähnt, dass das eine Riesensache ist?

Er schickt an fast jeden in der Stadt eine Einladung, bringt die Leute von seinem Sender dazu, Ozeane von Kabeln um Kontinente von Geräten zu legen – Projektoren, Bildschirme, Tonbänke, Lautsprecher, Lampen, Kameras, die auf die Menge gerichtet sind, was auch immer –, mietet eine Popcornmaschine und einen dieser Scheinwerfer, mit dem ihr den Mars anstrahlen könnt, wenn es nötig ist, und setzt das alles vor der Schule in Gang, sobald es halbwegs dunkel ist.

Er trägt den ganzen Tag einen Smoking, und alle kommen, sogar ein paar Ehemalige, deren Filme gezeigt werden sollten.

»Der Film-Verrückte?«, fragte Claire.

»Verrückt ist richtig«, sagte ich. »Ich wollte, dass er mich durchrauschen lässt, damit ich es abhaken kann, aber er redet stattdessen so einen Mist wie, dass er Vertrauen in mich hat und dass ich dieses Projekt schaffen könnte – wir sollen eine Dokumentation über irgendwas machen –, und er hat mir den ganzen Sommer Zeit gegeben. Noch einer, den ich enttäuschen werde«, fügte ich hinzu.

»Aber denk doch an deine Zeichnungen«, sagte sie und legte ihre Hand auf meine. »Ich weiß, dass Mom dich damals richtig angeleitet hat. Bei mir hatte sie aufgegeben. Grams hat mir Pferde in den Kopf gesetzt und ich verlor das Interesse an allem anderen sonst – und Mom verschwendet ihre Zeit nicht. Aber ich habe vor einigen Tagen gerade mit ihr geredet und sie sagte, *du* hast es – du hast ein Auge für die Dinge.«

»Du *erinnerst* dich an sie?«, fragte ich. »An meine *Zeichnungen*?«

»Sie waren gut«, sagte sie. Ich sah sie an, um sicherzugehen, dass sie mich nicht auf den Arm nahm. Sie meinte es absolut ernst, stimmt, aber ihr Ernstsein schloss mich irgendwie ein, ganz anders als bei Emily.

»Aber was hat Zeichnen mit Filmemachen zu tun?«, fragte ich. »Ich meine, ich kann Storyboards zeichnen, aber …«

Claire rutschte ein bisschen näher, als wolle sie mir ein Geheimnis anvertrauen. Ich legte meinen Arm um sie. »Ich hab zusammen mit meiner Mom immer alte Filme im Fernsehen gesehen«, sagte sie. »Mom sagte dann Sachen wie ›Siehst du, wie dieser spitze Schatten auf diese Schauspielerin zeigt? Jemand wird sie erstechen.‹ Oder: ›Siehst du, wie sie immer über ihm ist – auf der Treppe oder dem Balkon oder sonst irgendwo? Das bedeutet, dass er von seinem Platz zu ihr aufsteigen muss.‹ Und manchmal hat sie sogar den Ton abgestellt. Sie sagte, dass es bei einem Film allein darum geht, wie man die Dinge sieht.«

»Ja«, sagte ich. »Ich erinnere mich, dass Bhandaru immer von der Aussagekraft der Dinge redet. Dass *die* es ist, die man dem Publikum zeigen muss, aber… nun, ich habe sowieso schon vor langer Zeit ganz mit dem Zeichnen aufgehört«, sagte ich. »Als wir das Anwesen verlassen hatten, war es, als seien alle Sachen, die ich sah, in der Fabrik gemacht worden, und es schien keinen Sinn mehr zu haben.«

Ich sagte *nicht*, dass ich kurz nach dem Tod meines Dads aufgehört hatte, wirklich hinzuschauen, und dass ich in nichts mehr einen Sinn gesehen hatte.

»Du hast gar keine mehr gemacht?«

»Nur ein paar.«

Ich erzählte ihr, dass ich, wenn mir etwas ganz Besonderes begegnete – eine Gewitterwolke, deren oberer Teil sich in strahlendem Sonnenlicht befand, während sie unten ganz purpurrot und pechschwarz war, oder ein wild durcheinander gewürfelter Haufen Holzklötze auf der braunen Erde, der von einer dünnen Schneeschicht bedeckt wurde –, eine Art mentales Foto machte und es dann manchmal zeichnete, es vielleicht sogar mit Wasserfarben aus einem alten Tuschkasten malte.

»Ich würde sie gern sehen«, sagte sie und drehte mir das Gesicht zu, während sie sich in meine Armbeuge zurücklehnte.

Da ich sonst nichts weiter zu tun hatte und mir jeder Vorwand recht war, mich weiter mit Claire zu treffen, suchte ich am nächsten Tag all meine Zeichnungen zusammen und stopfte sie in eine Kleiderschachtel, die Mom in ihrem Schrank hatte. Ich packte noch ein paar Storyboards dazu.

Später, an unserem ruhigen Nachmittag im »Cup 'n' Spoon«, stellte ich die Schachtel auf den Fußboden. Die Abendsonne stahl sich durch die Jalousien und zog Butterstreifen über den Deckel der Schachtel.

Claire hob sie sofort hoch und wischte den Tisch mit der Hand sauber. »Du solltest vorsichtiger mit ihnen sein«, sagte sie, während ich mich neben sie gleiten ließ.

Sie öffnete die Schachtel und begann, die Blätter sorgfältig durchzusehen, betrachtete die Zeichnungen, hielt inne, um zu lesen, was ich druntergeschrieben hatte, das meiste noch als Kind, damals, als mein Dad noch lebte und es mir noch wichtig gewesen war. Ich las über ihre Schulter hinweg:

(Eine Zeichnung von meinem Dad mit einem gelben Strich auf der Wange.)

»Dad mit Pollen auf seinem Gesicht, nachdem er an einer Glockenblume gerochen hat.«

Und:

(Eine Zeichnung von einem Osage-Orangenbaum.)

»Ich habe Dad gefragt, wozu Osage-Orangen gut seien, und er sagte: ›Zu nichts.‹

Also hab ich gefragt: ›Wozu pflanzen wir sie dann?‹

Er sagte: ›Es muss auch einige Dinge geben, die man zu gar nichts gebrauchen kann.‹«

Sie nahm sich viel Zeit für jede einzelne Zeichnung, deren Themen ihr den Sätzen entnehmen könnt, die ich druntergeschrieben hatte:

Dies ist langes, niedergebogenes Gras, das sich aufrichtet, wenn es in der Sonne vertrocknet. Aus jeder Halmspitze kommt eine eigene kleine Dampfsäule wie aus einem dünnen Schornstein. All diese Säulen zusammen bilden eine Wolke, die über der Wiese schwebt.

Und:

Dies ist ein toter Baumstumpf hinter unserem Häuschen. Er ist mit leuchtend roten Pilzen bedeckt und schwarze und gelbe Schmetterlinge sitzen überall auf ihm. Mom findet, er sei hässlich und wunderschön zugleich. »Wie ein hübsches Mädchen mit einem blauen Auge«, sagt sie.

Und:

Dies ist ein Apfelbaum, der in voller Blüte war, als er bei dem Sturm gestern in der Mitte abgebrochen ist. Er lehnt in der Astgabel des Ahornbaumes neben ihm. Seine Blüten sehen aus wie der Rauch, der aus einer Kanonenrohrmündung herausschießt.

Und:

Dies ist ein Bild von einem Mädchen, das hier wohnt. Sie sitzt hoch oben auf ihrem Pferd, und die kleinen Blitze überall um sie herum sind die Sonne, die durch Millionen Löcher in den Bäumen hinter ihr scheint.

»Daran erinnere ich mich«, sagte sie.

Ich lächelte. Wir sahen uns für einen Moment in die Augen.

Als sie zu den Storyboards kam, beschrieb ich ihr, worum es dabei ging und was Bhandaru an ihnen auszusetzen gehabt hatte.

»Aber da ist dir wirklich was gelungen«, sagte sie, »egal, was andere dazu sagen. Hast du sie sonst schon jemandem gezeigt?«

»Außer Bhandaru und dir?«, fragte ich. »Wen interessiert

so was schon?« Ich wollte Emily rauslassen und meine vergeblichen Versuche, ihr Interesse zu wecken.

Claire schob ihren Arm unter meinen. »Vielleicht ist es *das*, was du studieren könntest – Kunst und Design –, vielleicht sogar Film.« Sie klang plötzlich ganz aufgeregt.

»Das habe ich auch schon überlegt«, sagte ich, »aber ich arbeite gerade dran, nicht mehr so ein Träumer zu sein. Du weißt schon, von all diesen kindischen Ideen wegzukommen.«

»Ich glaube nicht, dass es eine kindische Idee ist.« Sie zog meinen Arm fester an sich. Ich spürte, wie sich ihr Busen an mich drückte. Ich sah mich schnell um, ob jemand herüberblickte, aber abgesehen von zwei Leuten, die mit dem Rücken zu uns an der Theke saßen, und Jake, der die Kaffeemaschine reinigte, war das Lokal leer.

»Und es ist wahrscheinlich ein bisschen zu hoch gegriffen für mich«, sagte ich in Erinnerung an Emilys Kommentare. »Das ist mehr was für Leute mit Geld und Beziehungen. Nebenbei, weißt du, wie viele Firmen Künstler einstellen?«

»Aber, Neal«, sagte sie, »wenn du es wirklich *willst*… so abwegig finde ich es gar nicht. Lass doch die anderen Leute die üblichen Jobs machen, wenn sie das wollen. Meine Mom sagt immer, man soll versuchen, seine Träume zu leben.«

»Mehr ist es aber auch nicht«, sagte ich. »Nur ein Traum. Du kannst träumen, was du willst, aber was zählt, ist, was du *tust*.«

»Wer sagt das denn?«, fragte Claire. »Träume sind großartig; sie bringen die Leute dahin, wo sie etwas tun *können*.«

»Hm«, sagte ich.

»Und meine Mom sagt, dass kein Traum *nur* ein Traum ist. Besonders wenn du was dafür tust, dass er wahr wird.«

Mir war plötzlich, als habe mir jemand einen Eiswürfel ins Hemd gesteckt.

»Hm!«, wiederholte ich.

»Und die sind alle so... schön«, sagte sie und blätterte mit der freien Hand durch meine Zeichnungen. »Es wäre ein Jammer...«

»Nun«, sagte ich, »die Modelle haben es mir leicht gemacht.« Ich ließ sie bei der Zeichnung von dem Mädchen auf dem Pferd innehalten.

Sie wurde rot. »Du weißt, was ich meine«, sagte sie und lehnte ihren Kopf an meine Schulter. Und während sie weiterblätterte, schien ihr ein Gedanke zu kommen, und sie setzte sich auf.

»Was mich umhaut«, sagte sie, »ich *kenne* all diese Orte – diese Bäume und Wege und herabhängenden Weinranken. So sah die alte Pferdescheune damals aus.«

»Die meisten habe ich auf dem Anwesen gemacht oder nach der Erinnerung an damals.«

»Und all das wird verschwinden«, sagte sie. Ich hatte Angst, dass sie es herausschreien würde. »Ist das nicht schrecklich? Ist das nicht schrecklich?«, wiederholte sie immer wieder. »Ich meine, es ist schrecklich für meine Mom und für mich und alle, aber wenn alle sehen könnten, wie schön es ist... Hast du was dagegen, dass ich sie meiner Mom zeige?«

»Nein, nur zu.« Es war mir nur recht, im Ansehen dieser Frau ein oder zwei Stufen zu steigen.

Als Claire meine Zeichnungen schließlich beiseite legte, war das Sonnenlicht fast ganz weg.

Jake klapperte mit den Tellern, die er aufstapelte, dann griff er unter die Theke.

Das helle Deckenlicht flammte auf und alles – die glänzende, schwarze Tischplatte, die Chromaufsätze der Salz- und Pfefferstreuer, die angestoßenen Tassen und Untertassen und zerkratzten Löffel, der Karton mit den Zeichnungen, Claires schimmernde, braune Haarsträhnen dicht an meiner Wange –, alles war hell beleuchtet. Plötzlich schien alles so deutlich und klar und anders zu sein – als sei ich gerade nach einer langen Reise durchs All gelandet und hätte alles auf diesem meinem Heimatplaneten seit Ewigkeiten nicht wirklich gesehen.

SECHZEHN

Das muss ich ihr lassen, am Ende war es Emily, die mir über den Berg half (oder mich abstürzen ließ) und mich dazu brachte, dass ich wirklich etwas tat.

Ich bin ihr nicht gerade aus dem Weg gegangen, nachdem ich gefeuert worden war, aber ich machte auch nicht gerade einen Umweg, um sie zu treffen. Und deswegen fühlte ich mich … nun ja, schlecht – schuldig, schätze ich –, schließlich verdankte ich ihr so viel und außerdem traf ich mich weiter mit Claire. Aber ich wusste, wenn ich Emily wieder sah, würde ich ihr einiges zu erklären haben, und das versprach so unangenehm zu werden, dass ich ihr lieber auswich.

Ich versuchte, während der normalen Arbeitsstunden auf Tauchstation zu bleiben, aber eines Tages musste ich los und etwas fürs Abendessen einkaufen. Ich fuhr durch Seitenstraßen – suchte mir sogar einen Laden, der weit ab lag und in den ich sonst fast nie gehe.

Sicher denkt ihr, dass ich einen an der Waffel habe, aber ich mag Supermärkte wirklich gern. Ich meine, da gibt es doch einfach alles: Brot und Eier und Gefrierschutz und Geburtstagskerzen und Salami und Schnürsenkel und Zahnseide und Schneeschieber aus Plastik und Babywindeln – alles auf einem Haufen unter Lampen, die so grell sind, dass sie für einen Hubschrauberlandeplatz reichen würden –, mit Leuten, die diese Einkaufswagen herumschieben und all das anstarren, betatschen und daran riechen. Allein schon die bizarren Packungen und Schilder bringen mich zum Lachen.

Mehr jedenfalls als das Nachmittagsprogramm im Fernsehen.

Und so schlenderte ich mit einem Paket Nudeln unter dem Arm einen Gang entlang, ließ Einkaufswagen vorbei – ich selbst hatte keinen genommen, weil ich nur wenig kaufen wollte, und einen von diesen früchtefarbenen Körben nehme ich nie –, machte mir einen Spaß daraus, die dämlichen Verpackungstexte zu lesen (»Neu! Ravioli Light! Jetzt mit Schweinefleischgeschmack!«), und wem laufe ich bei den Gefriertruhen in die Arme? Emily!

Ich wusste sofort, dass ich fällig war, also habe ich, bevor sie auch nur »Neal!« sagen konnte, die ganze OK-Bau-und-Großhandelsgesellschaft-Gabelstapler-Toiletten-Katastrophe im Duett mit den quietschenden Einkaufswagenrädern hinter mir heruntergerasselt und es hinter mich gebracht.

Emily sagt zuerst gar nichts. Genauso viel sagend, wie meine Mutter das immer tut, nur dass es ein kleines bisschen anders auf mich wirkt.

»Oh, Neal«, sagt sie schließlich und nimmt mich mitten auf dem Supermarktgang in die Arme. Sie lässt mich erst los, als uns eine Lady, die einen Riesenlastkahn mit Proviant vor sich herschiebt, anstarrt, als wolle sie sagen: He, kannst du dein Lieblingshündchen nicht in der Hundefutterabteilung abknutschen?

Aber dann sagt Emily: »Wie willst du jemals gute Referenzen bekommen?«, als ob das meine Schuld wäre.

»Ich habe dir doch erzählt, dass sie mich auf dem Kieker hatten. Dieser Cooney? Weißt du noch? Ich bin sicher, dass er mich verpfiffen hat, und ich wette, Vinnie war das mit dem

Schmierfett unter dem Sitz, und das Gaspedal des Gabelstaplers hat er bestimmt auch manipuliert und …«

»Also wirklich, Neal«, sagt sie und zieht die Augenbrauen in die Höhe.

»Hör mal«, sage ich und versuche, mich herauszuwinden, »ich muss noch eine Menge einkaufen und ich muss zurück sein, bevor Mom kommt … Ich bin mit dem Abendessen dran. Können wir uns nicht später treffen? Kann ich dich anrufen?«

»Neal, ich habe massenhaft Termine und einen Stapel Bewerbungsunterlagen auf dem Schreibtisch, die ich durcharbeiten muss …«

»Aber ich möchte mit dir über ein paar Ideen reden, die –«

»Ich muss jetzt wirklich weiter«, sagt sie und sieht auf ihren Einkaufszettel. »Ich ruf dich an, wenn die Hektik vorbei ist.« Als sie mir ein Küsschen auf die Wange gibt, erhasche ich einen kurzen Blick auf ihr Gesicht, während sie ihren Kopf zurückzieht. Sie hat diesen abwesenden Blick in den Augen, wie damals im Schuppen – als betrachte sie irgendetwas hinter mir.

Als sie weg ist, sehe ich mein Spiegelbild in der Glastür eines Tiefkühlschrankes, es wirkt genauso kalt wie die Schachteln mit gefrorener Pizza dahinter. Aus irgendeinem Grund fällt mir gleich darauf, als ich zur Kasse gehe, Presley Kulaki ein, der mir in der dritten Klasse jeden Morgen mein Pausenbrot wegnahm. »Gib's besser freiwillig her, Mighty Mouse«, hatte er gesagt und mir seine dicken, behaarten Knöchel unter die Nase gehalten. Es war ein tolles Gefühl, als ich auf dem Weg zur Schule eines Tages die Mettwurst wegwarf und gegen ein Stück von meiner Turnschuheinlage austauschte – toll vielleicht, aber nicht besonders clever. Und mir war, als sei ich jetzt drauf und dran, etwas Ähnliches zu tun.

Andererseits, wenn Emily mir jetzt die kalte Schulter zeigte, welchen Anspruch hatte sie dann noch auf mich? Warum nicht einfach die Wirtschaftsschulen und alle anderen Zukunftspläne, die sie und Kombiwagen einschlossen, für eine Weile vergessen? Warum sollte ich nicht den Rest der Sommerferien nutzen, um das zu tun, was *ich* wollte? Warum nicht etwas tun, das gut für eine Zukunft war, wie *ich* sie mir vorstellte?

Was konnte ich verlieren? Oder anders ausgedrückt:

Was?

Konnte ich verlieren?

Warum nicht den Rest der Zeit, die ich diesen Sommer noch hatte, dafür nutzen, ein bisschen was von diesem Wrack zu retten und diese Dokumentation für Bhandaru wirklich gut zu machen – zum ersten Mal in meinem Leben ganz ernsthaft?

Claire war es, die mir mein Thema gab, als sie mir erzählte, dass alles auf dem Anwesen zerstört werden würde:

Meine Dokumentation würde von dem Anwesen handeln.

Bhandaru unterrichtete in der Sommerschule. Er hatte mir gesagt, dass ich ihn anrufen solle, wenn ich eine Idee hätte. Als ich anrief und ihm darlegte, warum es so wichtig für mich sei, diesen Film zu drehen; dass es der letzte Ort auf dieser Erde sei, der mit der Erinnerung an meinen Vater verknüpft sei, sagte er: »Endlich fangen Sie an, hinter Ihren Händen hervorzuschauen. Nur weiter so.«

Ich fragte ihn, ob er irgendwelche Vorschläge habe.

»Achten Sie auf das Gespenst im Sucher«, sagte er und schlug sich sein Cape vors Gesicht (stellte ich mir vor), und bevor ich fragen konnte, was er damit meinte, legte er auf.

Danke für die Riesenhilfe, Mr. B.

Also kramte ich unsere alte Videokamera heraus. Sie war so groß, dass die Bilder in all unseren Filmen – auf denen Dad fast nie drauf war, weil *er* sie meistens machte – schräg waren, weil ihr Gewicht ihn zur Seite drückte. Aber sie würde reichen.

Ich ging meine Notizen aus dem Filmkurs nach Tipps durch, die Bhandaru für Dokumentationen gegeben hatte: wie die modernsten versuchten, ihrem Stoff nicht im Weg zu sein; wie sie das Leben so zu zeigen versuchten, wie es wirklich war, als sehe man durch eine Glasscheibe und nicht durch eine Kameralinse.

Natürlich, sagte er, müsse man sich vorbereitet haben – das war der Sinn der Storyboards –, aber ich wusste ja eine Menge über Claire und ihre Mom und das Haus und das Gelände, auf dem sie lebten.

Mit Bhandarus Betonung der Fakten einer Situation im Kopf dachte ich, es wäre sicher heilsam für mich, mir zumindest genau anzuschauen, wie die Dinge *wirklich* waren, statt sie so zu sehen, wie ich sie in Erinnerung hatte, sie mir vorstellte oder mir wünschte oder erträumte.

Ich überlegte, wie schwierig es überhaupt werden könnte. Ich meine, ist euch jemals aufgefallen, was passiert, wenn ihr eine Kamera auf Leute richtet? Sie *müssen* dann irgendwelchen Unsinn machen. Werden von selbst zu Schauspielern.

Was das Drehbuch angeht, so braucht man es ebenfalls nicht, da die Leute ohnehin reden. Wiederholungen und so muss man auch nicht drehen, weil es keinen Text gibt, den sie behalten müssen, und als Kulisse dient eben das, was sich hinter ihnen befindet. Was könnte einfacher sein?

Als ich Claire von meiner Idee erzählte, war sie begeistert. »Großartig«, sagte sie und schmiegte sich im Restaurant an mich. »Und ich führe dich herum – ich kann alles erzählen, wenn du willst.«

Ich warnte sie, dass ich keine Ahnung hatte, was ich da machte.

»Du hast eine wundervolle Art, Dinge zu sehen«, sagte sie, nahm dabei meine Hand und sah mir tief in die Augen. »Ich weiß, dass du es großartig machen wirst.«

Warum also nicht?

SIEBZEHN

»Was hast du denn vor?«

Mom überrascht mich. Am Samstag steht sie normalerweise nicht so früh auf. Und ich auch nicht – auch nicht an anderen Tagen, nebenbei bemerkt. Seit ich nicht mehr arbeite, nutze ich einen großen Teil meiner Arbeitslosenfreikarten dafür, an der Matratze zu horchen.

»Du bist früh auf«, sage ich.

Sie lächelt. »Ich habe nicht gut geschlafen«, sagt sie.

»Ich bin mit Claire draußen auf dem Anwesen verabredet«, erzähle ich ihr.

Sie hört auf zu lächeln. Wie ich sie so ohne Make-up und noch ungekämmt sehe, fällt mir plötzlich auf, dass sie älter ist, als ich immer meine.

»Du willst dort wieder hinfahren?«

»Ich will meinen Film drehen«, sage ich. »Du weißt doch, mein ›Nicht abgeschlossen‹?«

Sie ist ganz plötzlich still. Ich höre ihre Pantoffeln über das Linoleum schlurfen.

»Was ist los?«, sage ich.

»Nichts«, sagt sie, »gar nichts. Mir wäre nur wohler, wenn du keine Gewohnheit daraus machtest, dort hinzufahren.«

»Mom«, sage ich. »Wir reden nicht über Heroin oder in der Nase bohren oder so was. Ich muss diese Sache bis zum Ende der Sommerferien fertig haben und es schien mir eine gute Idee zu sein.«

»Okay«, sagt sie und wird ein bisschen weicher. »Aber Neal, Liebling, ich mache mir einfach Sorgen, dass du zu sehr in der Vergangenheit lebst. Du bist noch so jung und du musst ...«

»Mach dir nicht zu viele Sorgen, Mom«, sage ich. Ich lass mich noch einmal von ihr umarmen – dann fühlt sie sich besser – und lasse das Thema fallen.

Eine Stunde später folge ich wieder Claires verbeultem, altem Pick-up auf das Anwesen – sie lässt mich durch den Hintereingang rein, damit wir dem Wachmann aus dem Weg gehen. Dieses Mal hüpfen meine Kamera und das Tongerät und all das andere Zeug neben mir auf dem Beifahrersitz auf und ab. Wenn ich erwartet hatte, dass sie und ihre Mom irgendetwas vorbereiten würden – dass sie zum Beispiel alles herrichten oder sich besonders kleiden würden für meine Megaproduktion –, fand ich schnell heraus, dass das ein Irrtum war.

Gleich als ich aus meinem Wagen stieg, während die blauen Abgase von Claires Pick-up noch in der Luft hingen, schaltete ich die Kamera ein und begann zu drehen.

Wir hatten zwar kein Skript, aber wir hatten ein paar Sachen überlegt, die Claire sagen sollte, und ich hatte ein paar Storyboards gezeichnet, die auf dem basierten, was ich wusste und was sie mir erzählt hatte.

Großaufnahme: Claire spricht in die Kamera und ich ziehe den Zoom immer weiter auf, sodass hinter ihr das Haus erscheint.

»Hier sehen Sie das einst berühmte Harding-Anwesen«, sagt sie, »das gegenwärtige Zuhause der einst reichen und berühmten Harding-Frauen.«

»Vielleicht wussten Sie es nicht«, sagt sie – das Bild wird größer und zeigt immer mehr vom Haus –, »auch wenn der Besitz heute mitten in einer der üblichen Vorstädte hier draußen eingeklemmt ist, hat er doch eine interessante Geschichte.«

»Mein Urgroßvater Barnabas Harding erhielt dieses Land vor über hundert Jahren als Staatsgeschenk…«, und sie erzählt kurz die Geschichte des Besitzes. Ich drehe einen langsamen 360-Grad-Schwenk von dem Haus und dem Gelände, alles ist eingetaucht in das warme Licht der Spätsommersonne.

»Mein Großvater Thaddeus, der Barnabas' einziger Sohn war, erbte es, kam aber auch nie her, bis er sich eines Tages, nachdem ein Geschäft schlecht ausgegangen war, entschloss, hierher in den Mittelwesten zu kommen und an einer Mine zu arbeiten, wie meine Mom es ausdrückt. Wonach er grub, sagt sie, das war eine Ader von Leuten, die dumm genug waren, ihm Geld zu geben. Und hier in der Stadt traf er auf die Hauptader.«

»Er gründete eine Zündkerzenfabrik – damals kamen die ersten Autos auf –, und als sich das Geld stapelte, baute er das Haupthaus und den Garten und legte die Reitwege an.«

Zoom auf die Halbtotale und dann ein Schwenk auf die verfallene, überwucherte Gartenmauer.

»Dann heiratete er meine Großmutter, die hier in der Gegend geboren war und die er angestellt hatte, damit sie sich um die Pferde kümmerte.«

»Während der Weltwirtschaftskrise verlor er fast sein ganzes Geld und starb kurz danach, aber da hatte er schon einiges in einen Treuhänderfonds gesteckt. Der zahlte gerade genug aus, dass meine Großmutter die Dinge am Laufen halten konnte.«

»Aber mein Großvater liebte dieses Anwesen so sehr, dass er wollte, dass alles für immer so bleiben würde, wie es war.«

Abschluss mit einer Totale: die Wiese auf der einen Seite des Hauses, wie sie zu einem Wald hin abfällt, mit dem blitzenden Sonnenlicht in den Bäumen.

»Deshalb legte er in seinem Testament fest, dass das Treuhandgeld nur so lange weitergezahlt würde, wie das Anwesen im Ganzen erhalten bliebe. Wenn auch nur ein einziger Quadratmeter verkauft würde, ginge alles an die Wohlfahrt.«

»Meine Großmutter versuchte, diesen Passus ändern zu lassen, aber die Treuhänder blieben hart, und jetzt heißt es ›lieb es oder verlier es‹, wie meine Mutter sagt.«

Großaufnahme von Claire: »Lassen Sie uns einen Spaziergang über das Gelände machen und sehen, wie es heute hier aussieht.«

Ein Point-of-view-Schuss – als ob wir mit ihren Augen sehen, während Claire durch die Anlagen geht. Ihr hört Zweige unter ihren Füßen brechen und das Rascheln von Büschen, während sie an ihnen entlangstreift.

Einblendungen in Großaufnahme:

Der von Wein überwachsene Zaunpfahl, an dem nur noch einige der Querstangen befestigt sind; das struppige, lange Gras auf der einen Seite sieht genauso aus wie das struppige, lange Gras auf der anderen.

Baumwurzeln, die durch die Steine eines Gehwegs gewachsen sind und sie an einigen Stellen so durcheinander gebracht haben, dass der Weg kaum noch zu erkennen ist.

Halbtotale: eine alte, hölzerne Bogentür mit handgearbeitetem Schloss und Beschlägen in einer Ziegelmauer. Sie ist fast versteckt hinter Gebüsch, das lange Triebe hervorgebracht hat, die bis auf die Erde herabhängen und wieder neue Büsche sprießen lassen.

»Dies ist der Eingang zum Garten«, sagt Claire, während sie

ins Bild kommt und dann das Gebüsch auseinander schiebt, damit sie zur Tür vordringen kann.

»Meine Großmutter hat den Garten vor Jahren abgeschlossen, um Rehe und Kaninchen fern zu halten, und dann hat sie den Schlüssel verloren. Mom und ich haben ihn schließlich im doppelten Boden von einem von Grams alten Schmuckkästchen gefunden.«

Extreme Großaufnahme: Ein großer, rostiger, altmodischer Nachschlüssel wird ins Schloss gesteckt. Erst eine Hand, dann zwei Hände rütteln an der Tür und schaffen es schließlich, den Schlüssel umzudrehen.

Über Claires Schulter: Claire stemmt sich gegen die Tür, aber die gibt nicht nach. Der Fuß des Kameramannes erscheint im Bild und tritt gegen die Tür und sie geht auf.

Großaufnahme: Die Tür hält die ganze Zeit gegen, während Claire sie immer weiter aufstößt durch die Weinpflanzen und kleinen Bäume, die direkt dahinter auf dem Weg gewachsen sind.

»Wie Sie sehen«, sagt Claire, und die Kamera surrt, während sie spricht, »wenn Sie verwilderte Naturgärten mögen, sind Sie hier richtig.«

Ein langsamer Schwenk über den Garten.

»Da ist so viel gewachsen«, sagt Claire aus dem Off, »man sieht kaum noch, wo die Mauern sind.«

Halbtotale: Ein riesiger Apfelbaum wölbt sich über den ganzen Garten. Claire kommt ins Bild, hebt etwas auf und hält es hin.

»Scheint wurmstichig zu sein«, sagt sie.

Extrem nah: eine angestoßene, grüne Frucht mit schwarzen Flecken, auf einer Handfläche hingehalten.

»Dieser Baum ist seit Jahren nicht mehr ausgeschnitten

oder besprüht worden; er ist verwildert. Wenn Ihnen so ein Ding von dort oben auf den Kopf fällt, könnte Sie das umbringen.«

Aus Claires Sicht: Claire geht auf den Resten des Gartenweges.

»Unter all diesem Wildwuchs, dort drüben ungefähr«, sagt sie, »befindet sich ein Springbrunnen.«

Großaufnahme: Ein Paar Hände teilt eine Unmenge Unkraut. Man kann kaum den Rand und den verblichenen Boden des Springbrunnenbeckens erkennen, der jetzt angeschlagen und kreuz und quer von tausenden von Rissen durchzogen ist.

»Dort in der Mitte stand früher eine Statue«, sagt sie.

Ich vergaß, was ich machte, und nahm die Kamera vom Auge. Danach erst fiel mir ein, sie auszuschalten.

Es dauerte eine Minute, bis ich wieder sehen konnte, ohne durch den Sucher zu schauen. Alles schien im richtigen Leben viel farbloser zu sein – so wie die Straße draußen, wenn du aus einem Film kommst.

»Wo ist sie?«, fragte ich. »Die Statue.«

»Ich weiß noch, dass ich Grams einmal nach ihr gefragt habe«, sagte Claire. »Und sie sagte, dass dein Dad sie repariert, sie aber wohl nicht richtig befestigt hat, und als das Bassin in einem Winter zufror, fiel sie herunter, und wir mussten sie rausnehmen.«

»Was ist aus ihr geworden?«, fragte ich.

»Ich weiß nicht«, sagte sie. »Das ist Jahre her – bald nachdem ihr fortgegangen seid... aber wir haben sie nicht weggeworfen, das weiß ich noch, dann müsste sie eigentlich... Moment!«, sagte sie, weil ihr plötzlich etwas einfiel. »Komm mit!«

Ich schaltete die Kamera wieder ein und folgte ihr, das eine Auge am Sucher, das andere weit geöffnet, damit ich nicht in ein Loch fiel.

Claires Blickwinkel: Claire kämpft sich durch hohes Gras und Unkraut. Sie folgt einem Weg, der in all diesem Wildwuchs fast völlig verschwunden ist, sodass man wissen muss, wo er verläuft, sonst hat man überhaupt keine Chance. Bald erreicht sie einen grauen Schuppen an der Gartenmauer. Er ähnelt einem Haus, mit einem Fenster und einem Blumenkasten und allem. Gegen das hohe Gras, das direkt davor wächst, zieht sie die Tür auf und geht hinein.

Großaufnahme: die offene Tür des Schuppens. Drinnen ist es zu dunkel, als dass die Kamera irgendetwas aufnehmen könnte, aber ihr hört Claire mit gedämpfter Stimme sagen: »Ja, da ist sie.«

Zoom auf Halbtotale. Claire kommt rückwärts aus dem Schuppen und bewegt sich aus dem Bild. Die dunkle Fläche hinter der Tür wird plötzlich durch den in die Kamera eingebauten Scheinwerfer grell beleuchtet. Einen Moment lang zeigt die Kamera nur Rot, dann hat sie sich justiert, und wir sehen das Gesicht – aus Stein – eines kleinen Jungen ins Bild kommen. Das Bild wird schärfer und man erkennt hinter dem Jungen die steinernen Falten – hell beleuchtet durch das Licht, das durch das Quadrat des Schuppenfensters hereinfällt. Die Formen vervollständigen sich zu dem Gewand und dann auch zu dem verträumten Gesicht eines Engels, der auf den kleinen Jungen hinuntersieht.

»Ja, das ist sie«, sagt Claire aus dem Off. »Die Statue, die in dem Springbrunnen stand. Großmutter nannte sie ›Pisser und Spanner‹.«

ACHTZEHN

Kamera über die Schulter: Claire geht die schiefe Vordertreppe zum Großen Haus hinauf. Das Bild wird sprunghaft, als die Kamera ihr die unebenen Stufen hinauffolgt.

Großaufnahme: die beiden Flügel der Eingangstür. Claire muss die angelaufene Messingklinke mit beiden Händen hinunterdrücken. Die Tür kreischt wie eine Katze, die in den Staubsaugerschlauch geraten ist. Drinnen ist es so dunkel, dass man Claire kaum erkennen kann, wie sie in der Eingangshalle steht. Sie schaltet das Licht an, aber nichts passiert und sie zuckt die Achseln. Der Kamerascheinwerfer geht an und bringt sie zum Blinzeln, und sie hält sich die Hand vor die Augen, also stelle ich ihn wieder ab.

»Warte«, sagt sie. Die Kamera folgt ihr, während sie die Eingangstür wieder öffnet, um Licht hereinzulassen.

»Wie Sie sich denken können, hat das Haus nicht immer so ausgesehen«, sagt sie, während ich langsam über die herabhängenden Tapeten, das von Spinnenweben bedeckte Geländer der großen Treppe und das Loch im Stuck des Treppenabsatzes schwenke.

»Aber die Kosten für den Unterhalt dieser großen Anlage haben den Treuhandfonds aufgefressen und nach und nach haben wir den Dingen einfach ihren Lauf gelassen.«

Aus ihrem Blickwinkel: Claire geht in einen Raum mit leeren Bücherborden, die an allen Wänden bis zur Decke hinaufragen. Sie bleibt vor einem der Borde stehen.

Halbtotale: »Wir haben fast alle Bücher und Möbel und sonstigen Sachen verkauft«, sagt sie, »aber nach einer Weile war nichts mehr übrig. Dies hier haben wir behalten.« Sie zeigt auf die Wand über dem rußgeschwärzten Kamin.

Als Nächstes seht ihr in einer extremen Großaufnahme ein Gemälde von einem alten Mann mit Backenbart und einem komischen Gesichtsausdruck, als wäre sein Mund voll lebender Sandwürmer.

»Das ist mein Großvater, Thaddeus Harding, der die Zündkerzenfabrik besaß. Er ist einer der Geister, die im Haus herumspuken.«

»Geister?«, fragt eine Stimme aus dem Off. Bhandaru sagt, dass man nicht aus dem Off hineinreden soll, aber ich muss mich einfach einmischen.

»Grams – meine Großmutter – sagte immer, dass Geister von jemandem herbeigewünscht werden müssten. Sie sagte, dass Gespenster nur spuken, wenn wir das wollen. Also muss ihn hier jemand wollen – wahrscheinlich einer, dem er noch Geld schuldet.«

Vielleicht war es das. Ich musste nur fest genug wünschen, dass das Bild meines Dads zurückkäme.

Wir machten eine Weile so weiter. Claire war die Reiseführerin durch das Haus und ich folgte ihr mit der Kamera. Überall hingen Drähte von der Decke. Dort hatten sie die Lampen verkauft, und ich musste den Kamerascheinwerfer einschalten, wodurch es aussah wie – habt ihr mal einen dieser Fernsehfilme gesehen, in denen jemand auf den Meeresgrund taucht, wo es stockdunkel ist und man nur das sehen kann, was der Scheinwerfer erfasst?

Aus ihrem Blickwinkel: Immer mal wieder gleitet eine Uhr oder ein mit einem Laken bedeckter Sessel oder eine Kommode von der Größe eines gesunkenen Schiffes ins Bild. Gemälde, die an den Wänden lehnen, schwimmen ins Bild wie eine Schule tropischer Fische.

»Die sind alle von Mom«, sagt Claire aus dem Off. »Ob Sie es glauben oder nicht, wir haben bald nicht mehr genug Platz für sie.«

Schließlich sehe ich durch den Sucher den langen Flur mit den hell erleuchteten Türen an seinem Ende.

»Lass mich vorangehen«, sagt sie, »damit meine Mutter weiß, dass wir kommen.«

Nahaufnahme: die geschlossenen Türen, durch deren viele Scheiben das Licht hindurchscheint.

»Okay«, sagt sie und streckt ihren Kopf heraus, so wie ihre Mutter vor einigen Tagen. »Du kannst hereinkommen.«

Aus ihrer Sicht: Der Raum hinter den Türen ist von Sonnenlicht durchflutet. Die eine Längswand besteht ganz aus Fenstern, die ein gleichmäßiges Licht hereinlassen, das so stark ist, dass die Kamera sich wieder erst nach ein paar Sekunden angepasst hat.

Staffelei auf Staffelei treibt ins Bild – eine ganze Armee von Staffeleien – und auf jeder steht ein leuchtend buntes Gemälde. Die Kamera verharrt auf jedem einzelnen, bevor sie sich weiterbewegt:

Früchte in einer Schale auf einem Tisch. Eine Orange ist aufgeschnitten, ihr Inneres sieht aus wie eine Computerschalttafel.

Leute, die in einem Warenhaus auf Rolltreppen fahren, die sich in einem Quadrat treffen, sodass man nicht mehr erkennen kann, ob sie nun hinauf- oder hinunterfahren.

Ein gigantischer Apfel in einem Ruderboot in einem Wohnzimmer. Ein kleines Mädchen, das die Schnur eines Drachens hält, nur dass sie diejenige ist, die sich am Ende der Leine oben am Himmel befindet.

Aus Claires Sicht, Großaufnahme: Der Fußboden ist überall mit Papierfetzen, alten Pinseln und Dosen, leeren Farbtuben und Resten von Leinwänden und Bilderrahmen bedeckt. Es scharrt, knirscht und knackt, wenn man auf all dem Zeug herumgeht. Das Bild in der Kamera wackelt wie draußen auf der Vortreppe.

Die Kamera bewegt sich vom Fußboden weg in die Halbtotale:

Auf einem Stuhl vor der Staffelei direkt an den Fenstern sitzt eine Frau in einem grauen Sweatshirt mit dem Namen einer Schule darauf, in engen, hochgekrempelten, schwarzen Hosen und halbhohen, schwarzen Stiefeln mit hohen Hacken, das braune Haar achtlos mit einem Gummiband zusammengebunden wie das von Claire.

»Einen Moment noch«, sagt die Frau.

Großaufnahme über die Schulter der Frau hinweg: Das Bild ist ein verwirrendes Durcheinander aus Farben, Gelb und Blau und Purpur, und Linien und Furchen aus Farbe. Als die Kamera weiter wegzoomt, gehen die Schatten und Linien ineinander über, und ein Bild erscheint: ein alter Wagen, hoch beladen mit Karussellpferden – ihre Farben sind verblichen, Beine fehlen, Mähnen sind abgebrochen. Vor den Wagen ist ein Mann gespannt, der das alles angestrengt zieht. Claires Mutter setzt einige Tupfer auf das Hemd des Mannes, sodass es ganz schmutzig und zerrissen aussieht.

»So.« Als die Kamera noch weiter wegzoomt, kommen der Kopf und die Schultern der Frau ins Bild. »Jetzt kann ich eine

Pause machen«, sagt sie. Sie ist immer noch nicht wirklich scharf eingestellt, deshalb trete ich noch weiter zurück, bis sie voll im Bild ist, während sie ihren Pinsel an einem Lappen abwischt und ihn in eine farbverschmierte Dose steckt.

Nahaufnahme: Die Dose steht mit einem dutzend anderer Dosen dieser Art auf einem Küchentisch – breite und flache und dünne und hohe und alle Zwischengrößen –, und aus jeder ragen Pinsel heraus, deren Stiele fast schwarz von Farbe sind, sodass der Tisch aussieht wie die Überreste eines Waldbrands.

»So, du willst also einen Film aus diesem alten Ort machen?«, sagt Claires Mutter aus dem Off.

»Ich würde gern einiges aufzeichnen, besonders seit ich von Claire gehört habe, dass Sie es vielleicht aufgeben müssen«, sage ich.

»Ich habe Neal erzählt, dass wir es uns nicht mehr leisten können, dies alles zu unterhalten«, sagt Claire.

Halbtotale: Claires Mutter vor dem Gemälde, an dem sie arbeitet.

»Weißt du, was das Einzige wäre, das ich vermissen würde, wenn es dazu käme?«, sagt sie. »Die Art, wie die Dinge aussehen, wenn ich hinausblicke.«

Sie deutet auf die Fenster.

»Wie meinen Sie das?«, frage ich. Ich habe fast ein bisschen Angst vor ihr, sie ist so überwältigend, aber hinter der Kamera fühle ich mich sicher.

»Hast du schon mal für ein paar Tage draußen geschlafen?«, fragt sie.

Das Bild bewegt sich auf und nieder, als ich nicke. »Im Sommer habe ich wochenlang hinter unserem Häuschen gezeltet.«

»Mit einem Zelt, einem Schlafsack und ein paar Streichhölzern kann man praktisch überall leben«, sagt sie. »Aber wenn du einen Ort ausgewählt hast, legst du deinen Platz genau fest. Du bindest dich genau an dieses Stück Boden«, sagt sie und zeigt auf den Raum um sie herum, während sie spricht, »an genau diese Umgebung. Und deine Zelttür wird der Rahmen für deine Sicht auf Dinge. Du bekommst einen Blickwinkel. Verstehst du?«

»Ja«, sage ich. Aber ich bin nicht sicher.

»Um also auf den Punkt zu kommen«, sagt sie, »es geht nicht so sehr um das Haus, sondern darum, wie es uns hilft, allem anderen einen Sinn zu geben – die wundervolle Art, wie es Dinge hervortreten lässt und dir eine besondere Art gibt, die Welt zu sehen.«

»Los, Mom«, sagt Claire, die gemerkt hat, dass ich ihr nicht folgen kann, aus dem Off, »erzähl Neal von deinen Bildern.«

»Was gibt's da zu erzählen?«, fragt sie. »Ich versuche, beim Malen alles auszudrücken, was ich zu sagen habe.«

»Vielleicht könntest du Neal erzählen, wie du angefangen hast«, sagt Claire.

Sie überlegt. »Nun, du wirst ein Künstler, wenn du anfängst, die Dinge *wirklich* wahrzunehmen, und ich glaube, das habe ich schon immer getan«, sagt sie. »Zuerst dachte ich, mit mir stimmt was nicht. Die Leute sagten dauernd: ›Sieh die roten Blätter dort.‹ Und ich fragte: ›Wo?‹, denn ich sah immer alle Farben. Das Orange … und Gelb … und Dunkelbraun …« – sie hielt Farbtuben hoch – »und Karmesin … und Malve, die ihre wirklichen Farben waren. Ich kannte kein ›Rot‹. Kinder sehen so, weißt du – sie sehen alle Farben in etwas, aber man gewöhnt ihnen das bald ab.«

»Man gewöhnt ihnen ab zu sehen?«, fragt die Stimme aus dem Nirgendwo.

»Man gewöhnt ihnen ab, ihren eigenen Augen zu trauen«, sagt sie. »Stattdessen sehen sie die Dinge dann so, wie die anderen es von ihnen erwarten. Sieh dir, zum Beispiel, dieses Bild an.«

Ich zoome auf das Gemälde.

»Die Leute meinen, dass die Haut eines Menschen nur eine Farbe hat«, sagt sie. »Aber sieh dir dieses Gesicht hier mal ganz genau an.«

Ich zoome auf extra nah.

»Siehst du es? Es ist aus Rottönen gemacht und aus Gelbtönen und Blautönen und zarten Purpurtönen – unzählige Schattierungen, die das ergeben, was wir die ›Farbe‹ der Haut eines Menschen nennen.«

Während ich drehe, sehe ich aus dem Augenwinkel, dass Claire an der Fensterreihe entlanggeht und hinaussieht.

Großaufnahme von Claires Mutter: »Kennst du diese Suchbilder in Kinderbüchern, bei denen man die fünf Tiere in einem Baum finden soll – eine Katze, einen Hund, einen Vogel, eine Ente, einen Bär? Nun, ich habe das nie geschafft. Und wenn jemand anders sie mir dann zeigte, sah ich, dass es überhaupt keine richtigen Tiere waren, sondern nur ein paar Linien, in denen du ein Kaninchen oder sonst was sehen solltest. Zum Glück war ich stur: Ich habe mich mein ganzes Leben lang dagegen gewehrt, die Dinge so zu sehen, wie die Leute es von mir verlangten. Das hat mich nicht immer beliebt gemacht.«

Das klang plötzlich sehr vertraut für mich. »Wieso?«, wollte ich wissen.

»Wer Dinge anders sieht«, sagt sie, »macht Leute misstrauisch. Sie stecken dich in dieselbe Schublade wie Leute, die Halluzinationen haben oder Stimmen hören. Sie halten dich für unheimlich und sonderbar. Du wirst wirklich einsam und dann siehst du die Dinge nur noch mehr auf deine Weise. Erst als ich auf dem College Kunst studiert habe, merkte ich, dass das gar keine so schlechte Position ist.«

»Mein Vater hat immer viel über das Sehen geredet«, sage ich.

»Ja«, sagt Claires Mutter und zögert, bevor sie weiterspricht. »Er hat mir einmal erzählt, dass das wirkliche Sehen sein kleines Geheimnis war, das ihn vor dem Verrücktwerden bewahrte: Es war sein Weg, die Dinge frisch und neu zu erhalten. Er sagte häufig, dass der Frühling nie wiederkommt...«

»Es ist jedes Mal ein neuer. Richtig?«, sage ich.

»Richtig«, sagt sie. »Wenn du nur die Augen aufmachst.«

Mir ist plötzlich schwindelig und ich nehme die Kamera von der Schulter und setze mich auf einen Stuhl. Meine Erinnerungen an meinen Vater waren so seltsam, dass ich manchmal schon geglaubt hatte, ich hätte *ihn* mir ausgedacht. Jemanden etwas wiederholen zu hören, das er gesagt hatte, besonders an dem Ort, an dem er so viel Zeit verbracht hatte...

»Alles in Ordnung mit dir?«, fragt Claires Mutter.

Claire blickt von den Fenstern herüber, wo sie im Sonnenlicht steht.

»Neal?«, sagt sie.

»Ich bin schon okay«, antworte ich. »Schätze, ich hätte frühstücken sollen.«

»Ich hol dir was«, sagt Claire.

Ihre Mutter beobachtet mich von ihrem Stuhl aus. Sie guckt, als dächte sie über etwas nach.

Claire kommt mit einem Glas Orangensaft und einem Teller mit einigen Stücken Schwarzbrot darauf zurück. »Was anderes konnte ich so schnell nicht finden. Hier«, sagt sie und schiebt Dosen und Pinsel und Farbtuben beiseite, um Platz auf einem Tisch zu machen.

Ich nehme ein Stück Brot und bemerke die kleinen Kleieflecken darin.

Ihre Mutter redet. »Ich denke, in gewisser Weise waren wir uns ähnlich, dein Vater und ich. Er war kein Künstler, aber er hatte seine eigene sture, eigenwillige Art, die Dinge zu sehen. Ich glaube, das ist einer der Gründe dafür, dass er nicht immer gut auskam mit Leuten.«

Ich weiß nicht, was ich sagen soll. Ich trinke einen Schluck Saft. Mir fallen die Bläschen am Rand auf, dort, wo sich Saft und Glas treffen.

Claires Mutter sieht mich immer noch forschend an; dann scheint sie eine Entscheidung zu treffen.

»Komm mit«, sagt sie und steht auf. »Ich will dir etwas zeigen.«

Immer noch wackelig auf den Beinen, nehme ich die Kamera hoch und folge ihr durch den Wald aus Staffeleien zum anderen Ende des Ateliers, wo das Sonnenlicht nicht hinkommt. Im Dämmerlicht kann ich einen mit Farben beklecksten Vorhang ausmachen, der etwas auf dem Fußboden bedeckt, das ungefähr einen Dreiviertelmeter hoch ist und die ganze Wand entlang verläuft.

Claires Mutter beginnt, den Stoff beiseite zu rollen, und legt ein ungerahmtes Gemälde frei, das an der Wand lehnt.

Es zeigt einen nackten Mann, der einen kleinen, nackten Jungen in seinen Armen hält, während sie über den Rand einer Klippe fliegen.

Auf dem Rücken des Mannes entfaltet sich ein riesiges Paar goldener Flügel.

Ich merke, wie mich ein Frösteln durchläuft.

In manchen Ländern gibt es Leute, die sich nicht fotografieren lassen wollen, weil sie glauben, dass man damit ihre Seele stiehlt oder so.

So fühlte ich mich.

»Das können Sie nicht machen«, ist das Erste, was ich hervorbringe. »Das gehört mir.«

Claires Mutter antwortet nicht, sondern rollt den Stoff weiter auf und deckt ein zweites Gemälde auf: Derselbe Mann – mein Vater; er *muss* es sein – streift auf ungeheuer langen Beinen durch den Wald.

Und ein drittes: Er steht über der Tür zur Gartenmauer, sein Körper und seine Beine gehen in die Mauer über. Auf seinem Kopf hat er einen Kranz farbenprächtiger Blätter.

Und ein viertes: Er sitzt auf einem weiten Gelände, winzig neben einem riesigen Baum, beide, er und der Baum, befinden sich ganz am Rand des Bildes, und dann ist da nichts als Wiese, bis man den Blick an den anderen Rand schweifen lässt, wo ein Bulle steht und ihn anstarrt.

Und ein fünftes: Er ist aus Stein und steht in einem Springbrunnen, seine Hände auf den Schultern eines kleinen, steinernen Jungen vor ihm, den er hält, während er pinkelt.

Und weiter und weiter, bis all die Gemälde freigelegt sind – vielleicht zehn im Ganzen, alle mit einem Mann als Modell, in dem ich niemand anderen als meinen Vater erkenne, und die meisten wie aus meinen Filmträumen.

Ich bin wie benommen und mein Kopf fühlt sich hohl an, als sei mir das Gehirn durch die Augäpfel ausgesaugt worden. Ich setze mich auf den Boden, auf all den Müll, damit ich den Bildern näher bin.

»Alles in Ordnung mit dir?«, fragt Claire.

»Ich weiß nicht«, sage ich und halte mir die Hände vor die Augen, um die Bilder für ein paar Sekunden auszusperren. Aber es funktioniert nicht. Sie wirbeln weiter durch meinen Kopf wie die spannendsten Szenen eines Films.

Claires Mutter hat inzwischen den ganzen Vorhang weggenommen und faltet ihn zusammen. »Hier, hilf mir mal«, sagt sie zu Claire.

Ich sitze wie betäubt da, während sie den Stoff zusammenlegen und in eine Ecke werfen. Dann schiebt Claire den Müll neben mir beiseite, setzt sich neben mich und legt den Arm um meine Schultern.

»Dein Vater war ein großartiges Modell.« Claires Mutter steht neben uns. Sie hat die Arme verschränkt, die eine Hand am Kinn, und ist ganz versunken in der Betrachtung ihrer Bilder.

»Ich sehe nicht einfach nur den Körper, weißt du«, sagt sie. »Da muss noch etwas sein, sonst funktioniert es bei mir nicht. Und dein Vater hatte es. Er war ein Träumer und Träumer leisten eine Form von Schwerarbeit und es gibt ihnen… nun… Eindeutigkeit, denke ich. So wie Bodybuilder sie auf ihre Weise haben.« Sie steht vor dem Gemälde, auf dem mein Vater mich mit den Flügeln rettet. »Und man kann sich in praktischen Dingen nicht immer auf sie verlassen, wenn es zum Beispiel darum geht, den Zwinger des Wachhunds zuzuhaken.«

Sie geht an der Reihe der Bilder entlang und redet mit ihnen, statt mit Claire und mir.

»Aber manchmal wachsen ihnen Flügel und lange Beine oder sie bekommen diesen abwesenden Blick und sie sind nicht immer da, wenn du sie brauchst.«

Plötzlich scheint sie sich an uns zu erinnern.

»Du bist damals oft mit ihm hier hereingekommen, wenn er mir Modell gesessen hat – du warst sehr klein –, und ich gab dir meine Vorlagen – irgendwelche Plastikfrüchte oder so –, und du hast stundenlang vor diesen Bildern gesessen.«

»Das hatte ich vergessen«, sage ich.

»Nun, Mutter wollte dich nicht mehr hier im Haus haben, als du älter wurdest, und dann seid ihr weggezogen, nachdem Mutter sich eingemischt hatte…«

Eingemischt in was? Ich wage nicht, es zu fragen. Aber sie liest die Frage wohl auf meinem Gesicht, deshalb hält sie inne und antwortet.

»Eines Tages kam sie in den Garten, als dein Dad für dieses Bild dort Modell saß.« Sie zeigt auf das Gemälde, auf dem er wie eine Statue aussieht. »Er war nackt und… nun, sie verstand das ganz falsch und geriet so in Zorn, wie nur Mutter das konnte. In Wirklichkeit war gar nichts zwischen uns. Er war verheiratet, und ich hatte nicht vor, einer anderen dasselbe Leid anzutun, das ich selbst gerade durchgemacht hatte. Mutter stürmte sofort zu eurem Häuschen hinüber, und eh ich's mich versah, wart ihr alle weggezogen. Sie hatte das Portmonee, ich konnte also nicht viel tun.« Claire berührt meine Wange mit ihrem Handrücken, dann steht sie auf, geht die Wand entlang, an ihrer Mutter vorbei, und betrachtet die ganze Reihe der Bilder.

»Ich habe sie hier hinten versteckt, damit sie sie nicht zerstört«, sagt Claires Mutter.

»*Sieh* sie dir mal an, Neal«, sagt Claire.

Ich antworte nicht. Ich bin nicht sicher, ob ich es verkraften kann.

»Sie wären *großartig* für deinen Film«, sagt sie.

Auf Claires Drängen hin nehme ich die Kamera, setze sie

ans Auge und drehe aus extremer Nähe, so wie ich es mit dem Gemälde gemacht habe, an dem Claires Mutter gerade arbeitete.

Zuerst kann man wie vorhin nur Formen sehen und wie die Farben durcheinander wirbeln, dann trete ich zurück und man erkennt, was sie darstellen:

Mein Dad sitzt wie »Der Denker« auf einem Felsen, der wie eine Frauenbrust geformt ist;

mein Dad blickt erstaunt in einen Himmel hinauf, dessen Blau wie ein Fluss zwischen Inseln aus Wolken hindurchfließt. Aus dem wässerigen Blau springt eine Forelle herab;

mein Dad überquert einen Fluss auf einer Brücke, die gar nicht da ist;

mein Dad nachts in einer dunklen Küche, die Kühlschranktür steht offen, und mit dem Arm schützt er seine Augen vor dem blendenden Licht, das grell wie die Sonne von drinnen herausscheint.

Während ich drehe, merke ich,wie Schwindel und Verwirrung allmählich nachlassen und stattdessen etwas anderes frei wird. Etwas, das sich in all diesen Jahren, seit mein Dad starb, verknotet hatte. Etwas, das mich davon abgehalten hatte, in der Schule das zu tun, wovon ich wusste, dass ich es tun sollte, das ich meinen Nacken hinaufsteigen gefühlt hatte, als Spiro mir diese Drecksjobs aufgehalst hatte, das mich davon abgehalten hatte, meine Mutter in die Arme zu nehmen, wenn sie mich küsste, von dem ich gespürt hatte, dass es wie mit einer Zange mein Denken eingeengt hatte, dass es sich verzweifelt an den kleinen, schwindenden Erinnerungen an meinen armen toten

Dad festklammerte, den ich nicht dorthin gehen lassen konnte, wohin er gehen musste und wohin ich ihn fortlassen musste, und in diesem Moment fühle ich, wie alles von mir abzufallen, beginnt wie ein schwerer, nasser Gipsverband, der in dicken, feuchten Klumpen von mir abgleitet. Ich fühle mich, wie sich eine Schlange fühlen muss, wenn sie ihre alte, tote Haut abstreift, und meine Augen füllen sich mit Tränen, zuerst ist es nur ein dünner, feuchter Film zwischen mir und den Gemälden im Sucher, aber dann wird es immer schlimmer, bis ich nur noch die leuchtenden Mischungen der Farben sehen kann, die ineinander übergehen. Obwohl alles verschwimmt, weiß ich, dass ich wieder wirklich *sehen* kann.

»Ja«, sage ich flüsternd, während ich die ganze Reihe dieser leuchtenden, seltsamen, vertrauten Bilder aufnehme.

»Ja, ja, ja.«

NEUNZEHN

Ob ihr es glaubt oder nicht. Ein paar Tage später wollte ich gerade ein paar weitere aufregende Attraktionen im Arbeitslosenland erforschen: den Tunnel der Totalen Verzweiflung, die Lange Langweilige Nachmittagskanalfahrt – da bekam ich einen Brief von Spiro, in dem stand, dass meine »bezahlte Freistellung« (!?) vorüber sei, da »unsere Untersuchung ergeben hat, dass ein Bedienungsfehler als auslösender Faktor für den Vorfall an besagtem Tag nicht festgestellt werden kann«, und es folgte eine Unmenge von Anwaltskauderwelsch, und alles lief darauf hinaus, dass sie mir den Gabelstaplerunfall nicht in die Schuhe schieben konnten.

Dabei lag ein netter fetter Scheck als Lohnnachzahlung.

Es war ein kleiner Haken dabei: Wenn ich unterschrieb und den Scheck einlöste, stand in dem Brief, verzichtete ich für immer darauf, die OK Bau- und Großhandelsgesellschaft vor Gericht zu bringen, und das galt nicht nur für dieses Universum, sondern auch für jedes andere und für alle, die man noch entdecken würde. Spiro hatte den Brief persönlich unterschrieben, aber ich wette, ein paar kräftige Anwälte hatten ihn dabei im Schwitzkasten gehabt.

Ich ahnte, dass da was faul war, und am nächsten Tag im »Cup 'n' Spoon« erzählte Jake mir, was los war: Vinnie hatte den Gabelstapler am Tag nach meiner »Freistellung« gefahren und er war mit ihm ganz von der Laderampe gestürzt und hatte sich den Arm gebrochen. Er hatte die Firma auf ein paar

Millionen verklagt mit der Begründung, dass das Ding irgendeinen Defekt habe. Deshalb wollte die OK Bau ihren breiten Hintern in Sicherheit bringen für den Fall, dass ich mich der Klage anschloss.

Ich kann es nicht beweisen, aber ich bin immer noch überzeugt, dass der wahre Grund für meine Entlassung zu allererst der war, dass jemand – Cooney? – mich bei Spiro wegen meines übergroßen Interesses an den Vorgängen auf dem Anwesen verleumdet hatte. Dass ich vielleicht ein Spion von einer anderen Firma sei oder ein bäumeumarmender Umweltschützer. (Tatsächlich gibt es ein paar hübsche Ahornbäume, die ich weit lieber abknutschen würde, als gewisse Leute auch nur zu berühren.)

Warum mich überhaupt jemand auf dem Kieker haben sollte? Woher soll ich das wissen? Es gibt die verrücktesten Leute. In der Schule kenne ich einen, der mag angebrannte Kekse.

Alles in allem glaube ich, dass sie einfach nach einem Vorwand suchten, mich loszuwerden, und die Gabelstapler-Melodie hatte einen mitreißenden Rhythmus, von dem sie dachten, dass sie nach ihm tanzen könnten. Aber als Vinnie dann fast zu Tode kam und die Anwälte loslegten, haben sie wohl doch lieber beschlossen, es auszusitzen.

Alles klar? Nur weil ich wirres Zeug rede, heißt das ja nicht, dass es nicht trotzdem stimmt. Oder?

Aber eines könnt ihr mir glauben: Egal, wer was im Schilde führte und was wirklich dahinter steckte, das Einzige, was mich interessierte, war, dass ich da nie wieder hin wollte. Also habe ich den Scheck gegengezeichnet und ihn zusammen mit Spiros Brief auf den Tisch mit der übrigen Post gelegt, wo meine Mutter ihn hundertprozentig sehen würde.

Ich war nicht da, als sie heimkam, aber sie sagte nicht viel dazu, nur: »Na, die scheinen ja wirklich in der Klemme zu sein.« Sie hatte sowieso nie viel zu der Sache gesagt, also ließ sie es dabei. Vielleicht hätte sie lügen und behaupten sollen: »Ich *wusste*, dass du es schaffen würdest!«

Was Emily angeht, so war ich nicht sicher, was ich fühlte. Zunächst war da all das, was ich ihr schuldete, und – ich will ganz ehrlich sein – alles, was ich von ihr bekommen habe, und ich wusste nicht, ob ich all das aufgeben wollte.

Seit dem Tag im Supermarkt, als ich ihr erzählt hatte, dass ich den Job verloren hatte, hatte sie mich nicht mehr zurückgerufen. Wenn ich sie doch mal ans Telefon bekam, erzählte sie mir, ihr Haar sei gerade in der Trockenreinigung oder sie erhalte gerade eine Milztransplantation oder so was, jedenfalls könne sie auf keinen Fall aus dem Haus. Ich übersetzte das mit »Hau ab«.

Aber ich wollte Gewissheit haben und suchte weiter nach einer Gelegenheit. Schließlich erwischte ich sie an einem Spätnachmittag kurz vor Schuljahresbeginn.

Es war der Tag, an dem wir unseren Stundenplan, die Materiallisten und die Bücher bekamen. Auf der Suche nach meinem neuen Spind kam ich an einem Klassenraum vorbei und guckte hinein. Dort saß Emily, ganz allein, und schrieb etwas in ein Buch.

»Hi«, sagte ich und wollte eintreten.

Sie sah so erschrocken auf, als hätte ich sie ertappt, wie sie nur mit Unterwäsche bekleidet in den Akten im Büro des Direktors wühlt.

»Oh«, sagte sie.

»Kennst du mich noch?«, fragte ich.

»Neal«, sagte sie. »Hier findet gleich eine Sitzung statt …«

»Noch ist keiner da«, sagte ich. Ich trat nun doch ein und

schloss die Tür. Danach schien sie sich sogar noch unbehaglicher zu fühlen.

Ich setzte mich neben sie an den Tisch. Wir schauten beide vor uns hin. Ich sah, dass das Buch, in das sie schrieb, einer dieser Zeitplaner war. Ihr wisst schon, so einer mit lauter kleinen Feldern, in denen man über jedem Moment in seinem Leben Buch führen soll, und auf der letzten Seite wartet ein kleiner Grabstein, auf dem man nur noch die Inschrift einfügen muss.

»Wie geht's denn so?«, fragte ich und sah auf die Wandtafel. »Du machst dich rar in letzter Zeit.«

»Ich habe viel zu tun mit dem Schulanfang und allem.« Sie hielt als Beweis das Buch hoch. Typisch Emily, die Felder auf den Seiten, die sie mir zeigte, waren alle ausgefüllt und die Kurse hatten noch nicht einmal begonnen.

»Ich habe meinen Film fertig«, sagte ich.

»Gut«, sagte sie. »Großartig. Wie ist er geworden?«

»Gut, denke ich«, sagte ich.

»Wovon handelt er?«

»Von dem Anwesen«, sagte ich. »Weißt du noch, das, auf dem wir gelebt haben, als mein Dad dort Hauswart war?« Ich wollte nicht von Claire und ihrer Mutter anfangen, deshalb ließ ich es dabei.

Für einen Moment guckten wir wieder vor uns hin.

»Wo bleiben denn die anderen?«, sagte Emily. Sie sah zur geschlossenen Tür.

»Ich meine, er ist noch nicht ganz fertig. Ich muss ihn noch bearbeiten und ihn dann Bhandaru zeigen. Ich würde ihn gern auf dem Festival vorführen«, sagte ich.

»Ich würde ihn mir gern irgendwann mal anschauen«, sagte sie mit einem schnellen Blick auf ihre Uhr.

»Klar«, sagte ich. »Ich sag dir Bescheid.«

Sie stand plötzlich auf. Ein Gesicht war hinter der kleinen Scheibe in der Tür erschienen. Es war so ein Erfolgstyp, den ich schon früher mit ihr hatte reden sehen – groß, mit schwarzem Haar und Brille. Sie öffnete die Tür. »Em, haben sie dir nicht gesagt, dass wir in den Computerraum umgezogen sind?«, fragte er.

»Okay, Steve«, sagte sie, holte schnell ihre Sachen und ging mit einem über die Schulter geworfenen »Bye« hinaus.

Ich konnte hören, wie sie auf dem Flur eifrig aufeinander einredeten. Ich blieb noch einen Moment dort in dem leeren Raum sitzen.

Eine der Lehrerinnen, wahrscheinlich Miss Field mit der Baskenmütze, die Literatur unterrichtete, hatte oben auf die Tafel ein Zitat geschrieben:

»Was dich nicht umbringt, macht dich stärker.« – Nietzsche.

Ich nahm einen Schwamm und ein Stück Kreide, wischte das »stärker« weg und schrieb in meiner besten Miss-Field-Handschrift: »ekelhaft«.

Bhandaru schien überrascht zu sein, mich zu sehen, als ich mit drei oder vier Filmrollen im Arm an seine Bürotür klopfte, aber er ließ mich jedenfalls in den Schneideraum, und ich rackerte, rüttelte, radierte und schnitt an ihnen herum und setzte schließlich alles in jeder nur denkbaren Weise wieder zusammen, um etwas Brauchbares hinzubekommen.

Wie durch ein Wunder hatte ich kurz vor dem Abgabeschluss für Bhandarus große Show alles fertig. Er nahm die Rolle eines Abends mit nach Hause und nahm mich am nächsten Tag während einer Pause auf dem Flur beiseite.

»Sie sind dabei«, sagte er und ich bildete mir ein, er lächelte dabei.

Vielleicht war es nur ein Spruch.

Dann war der Abend des Internationalen Weltpremieren-Debut-Film-Festivals da. Der Tradition entsprechend, trug Bhandaru seinen Smoking, und er hatte die Popcornmaschine und den Scheinwerfer gemietet.

Eine gewaltige Menge drängelte sich dort herum. Die Nachricht von seinem Showtalent hatte sich weit herumgesprochen. Meine Mom und Claire waren natürlich da. Claire erzählte, dass sie versucht habe, ihre Mutter mitzubringen, aber sie wollte nicht. Emily konnte ich nirgends entdecken.

Die anderen Filme waren nicht schlecht – witzig und interessant.

Einer von einem Typen, der seinem Hund das Angeln beigebracht hatte. Am Ende fing der Hund einen Fisch und ließ die Angel fallen und sprang dem Fisch ins Wasser nach.

Einer von einem Mädchen, das seine Zwillingsschwestern gefilmt hatte, wie sie die Rollen tauschten – sie taten es direkt vor der Kamera und gingen dann zu einem großen Ereignis, auf dem die eine auf der Bühne eine Auszeichnung verliehen bekam, während die andere im Hintergrund in die Kamera flüsterte.

Ein anderer über alte Leute in einem Doughnut-Laden, die den Betrieb offen halten, als der Besitzer krank wird, und sich hinter dem Ladentisch abwechseln, damit sie nicht ihre Morgentermine verpassen.

Nach einigen weiteren wird schließlich mein Film – im Programm als »Haus der Erinnerung« angekündigt, ein Titel von Bhandaru persönlich – gezeigt: als krönender Abschluss.

Claire sah großartig aus auf der großen Leinwand; der Garten wirkte geheimnisvoll, das Haus riesig und düster, das Anwesen und seine Besonderheiten – die Schlucht, der Snake

Creek und was ich sonst alles noch unterbringen konnte – groß und weit und majestätisch. Die Szenen im Atelier waren voller Sonne – ihr grelles Licht löschte alles aus, bis die Kamera sich angepasst hatte –, ein unbeabsichtigter, aber gar nicht so schlechter Effekt.

Tatsächlich war meine unbeholfene Kameraführung – ein paar Aufnahmen vom Himmel und vom Boden, unscharfe Szenen, bei denen ich vergessen hatte, den Autofokus einzuschalten, einige Schnitte, bei denen plötzlich eine Person dort erschien, wo eben noch eine andere gestanden hatte, wie sich die Kamera auf und nieder bewegte, wenn ich mit dem Kopf genickt hatte, mein Hineinreden aus dem Off – so laienhaft, dass es fast schon wieder beabsichtigt wirkte.

Claires Mom war die typische Künstlerin – ein wenig merkwürdig, aber voller Ideen und Gedanken. Die Gemälde – besonders die, für die mein Dad posiert hatte – wirkten einzigartig und unheimlich – zwei Dinge, die jedem Film gut tun.

All ihre Bemerkungen über das Sehen und die Wirklichkeit und all die anderen tollen Sachen, die sie an jenem Tag gesagt hatte, gaben ein ziemlich gutes Script ab. Ihre Aussagen über meinen Vater hatte ich mit Großaufnahmen von der männlichen Hauptperson auf den Gemälden gekoppelt. Schließlich hatte ich ein paar umwerfende Aufnahmen aus der Tür und aus den Fenstern heraus mit den Sachen zusammengeschnitten, die sie über die Bedeutung von Orten gesagt hatte. Ganz ans Ende setzte ich eine undeutliche Aufnahme der Statue von dem Engel und dem kleinen Jungen und blendete aus, während Claires Mutter beschrieb, wie Träume verloren gehen können, wenn wir nicht sorgsam mit ihnen umgehen, aber wenn wir hingehen und suchen und ein Licht anzünden, finden wir sie vielleicht doch noch irgendwo versteckt, wo sie darauf warten, wieder ans Tageslicht zurückgeholt zu werden. Die letzten Worte auf der Tonspur, während die Leinwand langsam dunkel wurde, waren die letzten Zeilen eines Gedichtes, das sie zitiert hatte: »Träume können tun, was Taten nicht träumen können.«

Die Leute waren fast alle still, während der Film lief, deshalb hatte ich keine Ahnung, wie sie ihn aufnahmen, aber als er zu Ende war und das Licht anging, klatschten sie wie verrückt, und ich sah, wie ein paar Kids auf mich zeigten. Bhandaru holte mich – wie er es mit jedem gemacht hatte – auf die Bühne und ich musste mich verbeugen. Es durften Fragen gestellt werden und die Erste kam von einer Dame ganz vorn:

»Wo haben Sie nur diese wundervolle Malerin gefunden?«

Die Frage war an mich gerichtet und die Menge murmelte zustimmend.

»Ich habe sie nicht gefunden«, platzte ich heraus, »es ist ihre Mutter«, und ich zeigte auf Claire, die neben mir gesessen hatte.

Das brachte einen unbeabsichtigten Lacher.

»Wie lange malt sie schon?«

Ich sah Claire an, damit sie antwortete. »Ihr ganzes Leben schon«, sagte Claire und stellte sich neben mich. »Sie fand schon immer, dass sie sich so am besten ausdrücken konnte.«

»Ich *liebe* die Bildserie mit dem Mann«, sagte eine junge Frau im Businesslook. »Die letzten Aufnahmen im Film. War das ihr Ehemann?«

Ich vermied es, meine Mutter anzuschauen, und wusste nicht, was ich sagen sollte. Claire ergriff schließlich das Wort. »Ich glaube nicht, dass es sich um eine real existierende Person handelt«, sagte sie.

»Zumindest nicht mit Flügeln«, fügte ich hinzu.

Das brachte einen weiteren Lacher.

»Verkauft sie ihre Gemälde?«, fragte ein älterer Mann mit Bürstenhaarschnitt und Krawatte.

»Ich weiß nicht«, sagte Claire, die inzwischen das Antworten übernommen hatte und mir so ein bisschen Luft verschaffte. »Sie hat sie früher einmal in einer Galerie ausgestellt, aber niemand schien sich dafür zu interessieren, und sie hat sie wieder zurückgeholt.«

Danach wurde ich zur Lobby-Berühmtheit. Ein Landschaftsgärtner war beeindruckt davon, dass es so einen großen, wunderschönen, unentwickelten Besitz noch mitten in der Stadt gab. Eine Menge Leute schüttelten mir die Hand, und drei oder vier ließen mir ihre Visitenkarte da und sagten, dass sie gern Gemälde kaufen würden, wenn sie zu verkaufen seien.

»Meinst du, dass deine Mutter das will?«, fragte ich Claire, als wir Arm in Arm zum Parkplatz gingen. »Sie verkaufen, meine ich?«

»Kann sein«, sagte sie. »Warum interessiert *dich* das denn so?«

»Weil ich, glaube ich, eine Idee habe«, sagte ich.

Meine Mom war den ganzen Film hindurch still gewesen, und als ich zu ihr hinübergesehen hatte, schien sie sogar ganz gefangen darin zu sein. Sie verfolgte den ganzen Teil mit den Gemälden von Dad, ohne zu blinzeln. Vielleicht hatte sie ihn auf den Bildern nicht erkannt.

Vielleicht glaubte sie, was Claire gesagt hatte, dass es wohl keine real existierende Person sei.

Vielleicht fliegen mir gleich goldene Gürteltiere aus der Nase.

Sie tätschelte meinen Arm und lächelte mich an, als das

Licht anging. Ich konnte ihre Augen allerdings glänzen sehen, also war mir klar, dass sich etwas ankündigte.

»Nun, wie hat es dir gefallen?«, fragte ich, als wir nach Hause kamen und sie ihren Bademantel anzog, sich eine Tasse Tee machte und sich an den Küchentisch setzte. Ich lehnte an der Küchentheke, die Arme verschränkt.

»Wie gesagt«, wiederholte sie. »Ich mochte ihn. Du hast einen wunderschönen Film gedreht.«

»Und?«, sagte ich.

»Und? Was?« Sie vermied es, mich anzusehen, rührte aber weiter das heiße Wasser und den Teebeutel in ihrer Tasse um. Inzwischen war das Zeug stark genug, um Tattoos zu entfernen.

»Und … was ist mit dem Mann auf den Gemälden?«, fragte ich. Ich war entschlossen, dies zu Ende zu bringen.

»Was soll mit ihm sein? Claire sagte, sie halte ihn für keine reale Person«, sagte meine Mom.

»Aber du tust es.«

»Natürlich«, sagte sie. »Und du auch. Ich denke, es ist eine wundervolle Art, sich an ihn zu erinnern.«

Aber ich konnte es nicht dabei belassen. Ich musste wissen, welches Bild von meinem Vater das wirkliche war: Der Mann, der sein Wissen mit mir teilte, als ich noch klein war, der Held mit den goldenen Flügeln, der mich rettete, der große Mann, der auf Riesenbeinen durch das Gras stolzierte, der Wächter in der Gartenmauer, der Nichtstuer auf der Wiese, der Denker auf dem wie eine Frauenbrust geformten Felsen oder der aus Stein gemeißelte Engel.

Oder der Mann, der – wenn Claires Großmutter Recht hatte – meine Mutter betrog. Welcher war er?

Ich fragte sie.

»Was würde das jetzt noch ändern?«, sagte sie. »Was wäre gewonnen?«

»Ich *muss* es wissen, Mom. Das wäre gewonnen«, sagte ich.

Sie sah mir in die Augen und schien eine Entscheidung zu treffen: »Also gut«, sagte sie. Sie ließ einen langen Seufzer heraus. Ich setzte mich ihr gegenüber, die Arme immer noch verschränkt.

Sie sah die ganze Zeit auf die Tischplatte, als läse sie alles von den Flecken im Holz ab, während sie mir erzählte, wie sie und Dad beim Einzug in das Hauswartshäuschen fast unbeschreiblich glücklich gewesen waren. Kurz danach wurde ich geboren und ihr Glück nur noch größer. Einige Jahre verflogen in dieser Glückseligkeit.

An einem warmen Tag im April, als ich ungefähr drei war, fuhr dann ein Lastwagen vor dem großen Haus vor, und aus dem Auto, das ihm folgte, stieg eine Frau mit einem kleinen Mädchen an der Hand. Von dem Tag an änderte sich alles – zumindest für meine Mutter.

Mom sagte, sie habe schon in der ersten Sekunde bemerkt, wie Claires Mutter sich umgeschaut hatte, als gehöre ihr das Anwesen. Dad sagte im Spaß zu Mom, dass er nun drei Bosse habe: Mom, Claires Großmutter und nun noch Claires Mutter.

Mom lachte nicht darüber.

Dann begann Dad, mehr Zeit im Großen Haus zu verbringen.

Claires Großmutter hatte sich bemüht, alles so zu erhalten, wie es war, aber Claires Mutter wollte alle möglichen Änderungen – ein Atelier musste eingerichtet werden, ein Kinderzimmer, die Küche umgestaltet werden –, und Dad war plötzlich nicht mehr so viel da wie vorher, und manchmal kam er sehr spät heim, hin und wieder mit einer Fahne. (»Sie sagte, ich solle einen Drink nehmen, als ich die Theke fertig hatte. Es wäre doch unhöflich gewesen, das abzulehnen.«)

Dann begannen er und Mom wegen Kleinigkeiten zu streiten: wer den Deckel des Essiggurkenglases nicht richtig zugeschraubt hatte, ob Holzlöffel mit Geschirrspülmittel abgewaschen werden dürfen oder nicht, wie er seine Schuhe mitten im Zimmer stehen ließ – solche Dinge eben.

»Ich sah, worauf das hinauslief«, sagte meine Mom, »oder ich dachte zumindest, dass ich es wüsste, und eines Abends schließlich – dein Vater war noch nicht zu Hause. Er hatte gesagt, er wolle irgendeine Arbeit abschließen und ich solle mit dem Abendessen warten. Da schlug jemand an die Tür. Du machtest im Schlafzimmer deine Hausaufgaben und ich ging schnell hin, damit du nicht gestört würdest. Es war Evelyn, Claires Großmutter. Ihr Gesicht war rot vor Zorn. ›Ich habe Ihren Mann und meine Tochter zusammen überrascht – draußen im Garten‹, sagte sie. Sie tobte, dass sie nicht zulassen werde, dass ihre Tochter von einem dahergelaufenen Hausangestellten entehrt würde – und das von einer, die selbst einmal Hausangestellte gewesen war«, fügte meine Mutter hinzu. »Dann sagte sie zu mir: ›Ich will, dass Sie alle hier verschwinden.‹«

»›Zusammen?‹ Was meinen Sie damit?«, hatte meine Mutter gefragt.

»›Sie und ich, wir sind beide erwachsen‹, hatte sie geantwortet. ›Sie wissen, was ich meine.‹ Und sie kündigte an, dass sie morgen früh als Erstes einen Lastwagen bestellen würde und wir das Häuschen den nächsten Tag verlassen müssten oder sie würde uns hinauswerfen lassen. Ich glaube, wenn es nicht so spät gewesen wäre, hätte sie uns sofort hinausgeworfen. Er –

dein Vater – erschien kurz danach, mit falsch zugeknöpftem Hemd und Rot auf der Wange, und ich machte ihm klar: ›Das war's, entweder sie oder ich‹. Er sagte, er wüsste nicht, wovon ich überhaupt redete, und schwor, dass gar nichts passiert sei, aber ich erzählte ihm, was die alte Mrs. Harding gesagt hatte.

Er versuchte, alles damit zu erklären, dass er für ein Gemälde Modell gestanden habe. Er hatte mir nichts davon erzählt, weil er dachte, ich würde es nicht verstehen. Und ich verstand es auch nicht, schon gar nicht, als ich es auf diese Weise erfuhr. Ich hörte gar nicht zu. Ich sagte ihm, ich wolle es nicht hören, und erzählte ihm, dass Evelyn uns hinausgeworfen hatte, und dass ich dich nehmen und gehen würde, und dass er mitkommen könne oder nicht, aber ich würde dort nicht bleiben und ihn mit einer anderen teilen. Er hatte einen sehr traurigen Ausdruck in den Augen und sagte o.k. Ich wollte so schnell wie möglich weg von dort und wir fanden gleich diese Wohnung – ich hatte das ›Zu vermieten‹-Schild schon vorher gesehen – und dein Dad fand Arbeit in einer Landschaftsgärtnerei.«

»Und das war alles?«, sagte ich. »Du hast ihm nie geglaubt, was er wirklich getan hat?«

Sie sah mich an mit diesem Blick, den Leute haben, wenn es ihnen wirklich Leid tut, dass du etwas Dummes gesagt hast, und sie überlegen, was sie tun können, damit du es nicht so spürst.

»Ehen sind nicht immer perfekt«, sagte sie. »Wir hatten schon vorher Probleme, ganz am Anfang.«

Ich sagte nichts. Ich hätte gern gewusst, was für Probleme das gewesen waren, aber ich wagte wohl nicht zu fragen. Sie sprach auch so weiter. »Ich war jung damals«, sagte sie. »Ich war eifersüchtig, wenn er etwas für andere machte. Das war so etwas wie sein schwacher Punkt, dachte ich. Wenn jemand ihn fragte, sagte er Ja.«

»Mom«, sagte ich, erleichtert darüber, dass es nichts Schlimmeres war, »hast du mir nicht mal erzählt, dass das etwas war, das dir an ihm gefallen hat?«

»Zuerst«, sagte sie, »aber dann, denke ich, hat es mich geärgert. Ich meine, wo blieben wir bei all dieser Großzügigkeit? Und dann war da noch etwas anderes.«

Sie schien eine Sekunde zu zögern, so wie man es tut, bevor man einen Fünf-Meter-Tauchgang antritt. Dann holte sie Luft und sprang. »Er hat zumindest einen seiner Jobs dadurch verloren, dass er mit einer Frau dort ertappt wurde. Das war, bevor wir geheiratet haben, aber wir waren damals schon eine ganze Weile zusammen.«

Ich konnte nichts sagen. Mein Vater?

»Aber dieses Mal hatte er nichts getan«, sagte ich. »Er hatte für die Gemälde Modell gestanden. Warum hast du ihm nicht geglaubt?«

»Ich war jung, wie gesagt«, antwortete sie. »Und ich war unerfahren. Ich bin nie auf die Idee gekommen, dass Rot auf einer Wange auch Farbe sein könnte oder ein falsch zugeknöpftes Hemd auch vom Modellstehen kommen kann. Vielleicht hätte ich sehen müssen… vielleicht hätte ich nicht so voreilig sein dürfen mit meinen Schlussfolgerungen.«

Ihre Augen füllten sich mit Tränen. »Und als ich sie dann heute Abend sah…«

»Du hast die Gemälde vorher nie gesehen?«, fragte ich und kapierte plötzlich:

Natürlich nicht. Claires Mutter hatte sie versteckt und dann waren wir weggezogen.

Sie schüttelte den Kopf und versuchte, die Tränen mit dem

Handrücken wegzuwischen, und trocknete ihn an ihrem Bademantel ab. Ihre andere Hand lag auf dem Tisch, und ich legte meine Hand, die schon größer war als ihre, auf sie.

»Ich glaube, was du wissen wolltest... er war irgendwie all das, was er auf diesen Gemälden ist. Ich weiß noch, wie er auf dich aufpasste – wie der mit den goldenen Flügeln. Aber manche Seiten von ihm kannte ich nicht so gut – wie den Träumer in ihm, und ich glaube, das hat mich damals auch gestört, dass jemand anderes Dinge über ihn herausfand, die ich nicht kannte.«

Sie war still für eine Weile. »Am Ende...«, sagte sie mit kleiner Stimme, »habe ich begriffen, dass er nicht perfekt war, aber er war ein guter Mann.« Sie sah mir offen ins Gesicht. »Wir waren doch erst wenige Monate hier, als er starb. Du warst noch nicht mal elf. Wie hätte ich mit dir darüber reden sollen?« Sie sah auf ihren dunklen Tee hinunter. »Ich habe ihn nie zu Ende angehört – ich war einfach zu verletzt. Ich wusste es nicht. Ich wusste es doch nicht.«

Sie drehte ihre Hand um und drückte meine.

»Was hättest du auch wirklich wissen können, Mom?«, sagte ich. »Du hast nur getan, was du für das Beste gehalten hast.«

Und wenn man es sich recht überlegt – was kann man denn sonst überhaupt tun? Ich ging um den Tisch herum und nahm sie in die Arme, so wie sie dasaß. Ihr Kopf fühlte sich warm an meiner Brust an.

ZWANZIG

Was das für eine Idee war, die ich auf dem Festival ausgebrütet hatte?

Als Claire und ihre Mutter mich das nächste Mal zum Abendessen zu sich einluden, habe ich sie ihnen erzählt. Wir saßen in dem heruntergekommenen Esszimmer im Großen Haus. Überall an den Wänden ringsum hingen Gemälde, die Claires Mutter gemalt hatte, eines über dem anderen.

»Sie kann sie hier schon gar nicht mehr unterbringen«, sagte Claire, als ich zurücktrat, um die obersten anzugucken. »Deshalb nimmt sie immer mal wieder einige herunter und tauscht sie gegen andere aus. Du hast es ja gesehen, die Übrigen liegen wie alter Plunder überall im Haus herum.«

Während ihre Mutter noch im Atelier arbeitete, bereiteten Claire und ich das Essen vor. Auch diesmal wieder nichts Besonderes – ein großer, fast überquellender Topf voll Gemüse und Bohnen, die wir über einen Berg Nudeln verteilten, und mitten auf dem Tisch ein Laib Schwarzbrot, groß wie mein Kopf, von dem wir Stücke abbrachen (von dem Brot natürlich). Ich wartete auf den richtigen Moment, und gerade als wir die letzten Stücke Brot mit Butter bestrichen, konfrontierte ich sie mit den Einzelheiten meiner Super-sicheren-kann-gar-nicht-schief-gehen-Superidee.

»Sie überlegen wahrscheinlich immer noch, wie Sie das Anwesen verkaufen können?«, begann ich.

Claire warf einen schnellen Blick zu ihrer Mutter hinüber.

»Wenn sich das machen ließe«, sagte ihre Mom. »Ich habe den Gedanken noch nicht ganz aufgegeben. Die Lage ist eng geworden für uns, und ich bin sicher, Claire hat dir erzählt, dass es heißt ›alles oder nichts‹.«

»Nun, ich habe eine Idee«, sagte ich, »wie Sie es behalten könnten.«

Sie warteten und sahen mich an.

»Verschenken Sie es«, sagte ich.

»Was?«, sagten beide wie aus einem Munde.

»Nicht alles«, fügte ich schnell hinzu. »Nur so viel, wie Sie nicht brauchen.« Ich machte eine Pause, um es wirken zu lassen, dann fuhr ich fort: »Sie können nicht alles unterhalten, wie Sie sagten. Und Sie dürfen auch nicht Teile verkaufen, weil Sie dann alles verlieren. Aber niemand sagt etwas darüber, dass Sie nicht Teile verschenken dürfen.«

»An wen?«, sagte Claires Mutter und musterte mich, als müsse sie erst entscheiden, ob ich nicht ganz klar im Kopf war oder wirklich eine klare Idee hatte.

»An alle – für einen Park«, sagte ich.

Claires Mutter sagte nichts. Vielleicht hatte ich Unsinn geredet, wie eines dieser Dschungelkinder, die von Murmeltieren oder so aufgezogen worden sind und bei denen niemand versteht, was sie brabbeln? Grunz, grunz.

»Was würde das nützen?«, sagte Claire, mit ein klein wenig Hoffnung in der Stimme für den Dschungelknaben, der ihre Nudeln schlürfte. »Was würden wir dabei gewinnen?«

»Steuervergünstigungen bis in alle Ewigkeit«, sagte ich. »Zuerst mal wäre es eine Spende – an die Allgemeinheit – und ihr müsstet weniger Einkommensteuer zahlen. Punkt B: Ihr habt weniger Besitz, müsst also auch weniger für den Unterhalt aufbringen und zahlt weniger Grundsteuer. Und römisch III, wenn ihr es richtig aushandelt, erlassen sie euch vielleicht sogar noch was von den sonstigen Steuern, die ihr zahlen müsst.«

Obwohl ich nicht den ganzen Inhalt der Papiere verstanden hatte, die Emily mir zu lesen gegeben hatte, musste doch einiges von ihren sexy Vorträgen über Hypotheken und Steuernachlässe bei mir hängen geblieben sein.

»Meinst du, sie würden es nehmen?«, fragte Claire.

»Sicher bin ich natürlich nicht«, sagte ich, »aber erinnerst du dich an den Landschaftsgärtnertyp auf dem Filmfestival, von dem ich dir erzählt habe? Er wollte gern mehr wissen über das Anwesen. Er sagte, er arbeite mit der Parkbehörde zusammen. Hier, er hat mir seine Visitenkarte gegeben.«

Ich gab sie Claire, die sie ansah und dann an ihre Mutter weiterreichte.

»Aber allein das Haus zu erhalten, kostet ein Vermögen«, sagte ihre Mutter und biss in das Brot in ihrer Hand.

Dies, wusste ich, würde der sensibelste Teil meines Planes sein. Ich holte tief Luft und tauchte ein. »Nach dem Film«, sagte ich, »haben mir mindestens drei oder vier Leute ihre Telefonnummer gegeben und gefragt, ob man Ihre Gemälde kaufen kann«, sagte ich zu Claires Mutter.

»Meine Gemälde?« Sie hörte zu kauen auf.

Claire und ich waren für einen Moment still in Erwartung eines Vortrags, dass sie sich nie von ihnen trennen würde und was für ein elender Ignorant ich sei, dass ich so was auch nur vorzuschlagen wagte.

Plötzlich ergriff Claire das Wort. »Mom, weißt du noch, wie du mir einmal erzählt hast, dass du dich, wenn ein Bild fertig ist, weiterentwickelst; du vergisst es einfach? Außerdem« – sie sah an den Wänden ringsum hinauf – »haben wir gar keinen Platz mehr.«

Claires Mutter dachte wieder eine ganze Zeit lang nach und rieb sich dabei mit dem Handrücken die Nase, auf der sie einen blauen Farbspritzer hatte. »Es ist ein guter Plan«, sagte sie schließlich, »aber ich weiß nicht recht. Vielleicht ist es Zeit, dass wir weiterziehen.«

Sie sah aus dem Esszimmerfenster, das den Rahmen abgab für eine große Trauerweide, deren Zweige auf die Holzbrücke über den Snake Creek herabhingen.

»Aber es ist ein guter Plan«, wiederholte sie.

Wir beendeten die Mahlzeit schweigend, aber ich spürte, dass meine Idee angekommen war. Wie mein Dad sagte: »Es ist besser, zu geben und zu vergessen.«

Am Ende spielten sie jedenfalls mit und ließen mich zumindest einmal die Lage abchecken, indem ich dem Mann zunächst mal eine Kopie meines Films schickte. Schaden konnte es nicht. Was immer sie entschieden, es war in Ordnung. Man kann sowieso nicht in Leute hineinsehen. Manche mögen angebrannte Kekse.

Ein wichtiger loser Faden ragte noch aus dem ausgefaserten Gewebe meines Sommers heraus, deshalb ging ich eines Tages, als ich gesehen hatte, dass kein CJB-Treffen stattfand, nach der Schule zu Emily nach Hause.

»Neal!«, sagte sie, als sie die Tür aufmachte. »Was machst du denn hier?« Sie sah sich nervös um, als fürchtete sie, ich hätte einen Trupp Skinheads mitgebracht.

»Du hast mich am Telefon abgewürgt und nicht auf meine Zettel reagiert«, sagte ich. »Deshalb dachte ich, ich komm mal persönlich.«

»Weshalb?«

»Nun, zuerst mal, weil du mich am Telefon abwürgst und

nicht auf meine Zettel reagierst. Ich muss dir ein dutzend in deinen Schrank gesteckt haben.«

»Ich hab dir doch gesagt, dass ich voll ausgelastet war mit dem Schulanfang und allem.« Mir fiel auf, dass sie mich nicht hineinbat.

Ich wusste nicht, wie ich ihr sagen sollte, dass ich ihr das nicht abnahm. Einen Moment lang standen wir beide da und starrten uns an.

»Ich hab deinen Film gesehen«, brach sie schließlich das Schweigen. »Einen Teil wenigstens.«

Bhandaru, der rastlose Showman, ließ die Festivalfilme nach dem großen Ereignis noch eine Woche lang in der Cafeteria auf Monitoren laufen.

Plötzlich ging mir auf, dass sie Claire in dem Film gesehen und eins und eins zusammengezählt hatte. Rechnen war schließlich ihre starke Seite.

»Dir gefällt diese Filmerei also?«, sagte sie.

»Ja«, sagte ich. »Wie ich dir schon gesagt habe, ich glaube, das könnte mich interessieren.«

»Aha«, sagte sie.

»Ich habe endlich etwas gefunden, das ich tun könnte, so, wie du es wolltest. Es macht Spaß.«

»Vieles macht Spaß, Neal, aber das genügt nicht«, sagte sie.

»So wie du das sagst, klingt es, als sei ›Spaß‹ etwas Schlechtes«, sagte ich.

»Ich habe nicht gesagt …«, begann sie.

»Es geht nicht darum, was du nicht gesagt hast«, unterbrach ich sie. »Es geht darum, wie du es nicht gesagt hast.« Ich dachte, ich würde einen Lacher aus ihr herausholen.

Nicht einmal ein Lächeln.

»Neal, du redest immer größeren Unsinn«, sagte sie und

warf einen schnellen Blick ins Haus zurück. Ich dachte, vielleicht seien ihre Mom oder ihr Dad früher von der Arbeit heimgekommen.

»Für dich vermutlich«, sagte ich.

Wenn ich gedacht hatte, das könnte zu einer Verständigung mit Emily führen, war das ein Irrtum.

»Sieh mal, Neal«, sagte sie. »Ich finde große Träume in Ordnung. Und ich bin froh, dass du etwas, das du begonnen hast, zu Ende gebracht hast, aber es ist ein großer Unterschied, ob du einen Film für irgendeine Schule drehst oder für Hollywood.«

»Ich weiß«, sagte ich. »Aber es ist ein Anfang und vielleicht kann ich den Film bei einer …«

»Em!« Jemand – ein Kerl – rief von drinnen nach ihr. Ihr Vater war es nicht.

»Ich bin gleich da«, rief sie zurück.

»Wer ist das?«, fragte ich.

»Nur jemand aus dem Club«, sagte sie. »Wir arbeiten an einem Projekt.«

»Der Typ, den ich in der Schule mit dir gesehen habe?«, fragte ich. Ich dachte an den Kerl, der ihr erzählt hatte, dass das Treffen in einen anderen Raum verlegt worden war.

»Sieh mal, Neal«, sagte sie und ignorierte meine Frage. »Ich will dir nicht im Weg sein.«

Es war, als säßen wir beide in getrennten Autos und kämen an eine Landstraßengabelung, und ich konnte sehen, dass sie die andere Abzweigung nehmen würde, aber plötzlich wurden ihre Augen zu getönten Scheiben – ich konnte nichts mehr hinter ihnen erkennen.

»Du bist mir nicht im …«, begann ich.

»Neal.« Sie legte mir die Finger auf die Lippen. »Ich habe in den letzten Wochen oft daran gedacht, dich anzurufen, aber ich weiß einfach nicht mehr, was ich mit dir reden soll.«

Ihre Finger waren kalt. Ich wollte wieder etwas sagen, aber sie drückte ein wenig fester.

»Ich fühle mich auch nicht besonders gut dabei«, sagte sie. Ihre Augen wurden feucht. »Merkst du das nicht? Du hast etwas gefunden, von dem du glaubst, dass du es tun willst, und ich wünschte, ich könnte da sein für dich, aber ich kann nicht. Ich kann es einfach nicht. Ich dachte, du würdest das verstehen.«

»Em!« Wieder rief er nach ihr.

»Hör mal, ich muss gehen«, sagte sie, gab mir ein Küsschen auf die Lippen und ging hinein und schloss behutsam die Tür hinter sich.

Und das Verrückte war, als ich mich umdrehte und den Weg von ihrer Haustür zurückging, war ich still; nachdenklich. Aber eine Straße weiter oder so, da merkte ich, dass ich vor mich hin pfiff.

Als ich später in dieser Woche Claire wieder traf, erzählte ich ihr, dass ich die Filmrolle an den Landschaftsgärtnertyp geschickt hätte, aber nicht wüsste, wann ich irgendwas hören würde.

»Das ist gut so«, sagte sie. »Mom braucht sowieso noch eine Weile, um sich mit der Idee anzufreunden.«

Claire und ich saßen auf dem Wagen mit den platten Reifen im Meer der Stille. Es wurde jetzt ein bisschen früher dunkel und es war kälter. Ich hatte meinen Arm um sie gelegt.

»Was immer auch aus deinem Film wird«, sagte sie, »er hat den Leuten gefallen.«

»Ich war ganz schön überrascht«, sagte ich.

»Dass sie ihn mochten?«, sagte sie. »Was sollte ihnen daran denn nicht gefallen?«

»Nein, was das bei mir ausgelöst hat, die ganze Vorführung, meine ich.« Ich erzählte ihr, dass ich, während mein Film dort auf der Leinwand lief, herumgeschaut und mir all diese Leute angesehen hatte – von denen ich die meisten nicht kannte –, wie sie nach vorn blickten, die Gesichter hell beleuchtet. Da hatte ich begriffen, dass die Bilder, die sie sahen, nicht mehr meine Bilder waren, sondern Teil von etwas Größerem geworden waren.

»Etwas Größerem?«, fragte Claire und kuschelte sich in mich hinein.

»Ja«, sagte ich, »es ist, als ob sie jetzt allen gehörten. Seit sie dort auf der Leinwand waren, können alle sie für mich in ihrem Gedächtnis behalten. Und ich kann sie loslassen.«

»So geht es Mom auch mit ihren Gemälden«, sagte Claire.

»Genau«, sagte ich. »Und ich brauche keine Angst mehr zu haben, dass sie verloren gehen könnten. Ich meine, es werden sie ja wohl nicht alle vergessen.«

»Hmmm«, sagte Claire. »Das klingt ja ähnlich wie bei deinem Plan für das Anwesen hier. Verschenk es an alle und behalte es so.«

»Stimmt«, sagte ich. »Und wenn ich das wirklich will – meine Erinnerungen fortgeben –, muss ich mich auch von der ichbezogenen Art verabschieden, in der ich mich an sie erinnert habe.«

Plötzlich kam mir ein Gedanke. »Weißt du«, sagte ich, »ich glaube, ich ahne jetzt,wen Bhandaru damals meinte, als er von dem ›Gespenst im Sucher‹ redete.«

»Wen?«, fragte sie. »Deinen Dad?«

»Nein, als ich so total aufgewühlt war von den Gemälden

deiner Mom, konnte ich für eine Weile nichts außer meinen eigenen Augäpfeln sehen, deren Bild irgendwie reflektiert wurde. Er sprach von mir.«

»Neal«, sagte Claire.

»Was?«, fragte ich.

»Sei still.«

Und in dem kleinen Zelt, das meine Jacke bildete, hielten wir einander dort draußen in der Kühle des Spätsommerabends in den Armen und küssten uns. Ich hatte wieder dieses eigenartige und wundervolle Gefühl, das aus meinem Innersten herausfloss, und ich hatte endlich Verstand genug, den Mund zu halten. Zumindest für Worte.

Aber das Gespräch mit Claire hat mich auf einen Gedanken gebracht.

Bhandaru hat einmal etwas darüber gesagt, dass man am College Film studieren kann. Ich konnte ihn nach weiteren Informationen darüber fragen – an welchen Schulen das geht und was es kostet und alles. Meine Noten waren nicht so toll, aber der Film würde wahrscheinlich einiges zu meinen Gunsten bewirken. Und eher als irgendein anderes Studium am College würde Film vielleicht mein Ticket raus aus meiner kleinen, traurigen Welt der Erinnerungen sein, hin an einen Ort, wo ich Anschluss finde an das, was um mich herum vorgeht, genau hier, wo ich bin; genau jetzt, in der Gegenwart, und – ja, das ist es:

Wo ich mit meinem Leben endlich weitermachen kann!

Wenn ich wirklich Filme drehen wollte, die anderen Menschen etwas sagten, wie ich zu Claire gesagt hatte, dann musste ich aus meiner ichbezogenen Art zu denken hinausgelangen. Dann musste ich mir klarmachen, dass ich nicht der Einzige war, auf dem die Welt herumtrampelt, dass anderen Leuten auch schlimme Dinge passieren und dass sie traurig sind und wütend und frustriert.

(»Und auch gute Dinge«, erinnerte mich Claire.)

Ich musste mich den Gefühlen anderer Menschen wirklich öffnen. Und ich musste meine eigenen Gefühle wirklich zeigen, wie Bhandaru es ausgedrückt hatte: Ich würde *großzügig* sein müssen mit meinen Bildern. Mein Herz auf der Zunge tragen.

Filme zu machen, würde vielleicht meine Brücke sein – die Verbindung, die ich gesucht hatte, ohne es auch nur zu ahnen: zur größeren Welt der realen Menschen; die Verbindung, die ich nicht gefunden hatte als Kassenboy oder Hilfskellner oder Zeitungsjunge oder Lagerhelfer. Und vielleicht würden all diese Bilder, die ich diese ganzen Jahre für mich behalten hatte … Über die ich nicht hatte sprechen können? Vor denen ich sogar ein bisschen Angst gehabt hatte? (Verlor ich den Verstand?) – Statt sie weiter als Privatvorstellung in meinem Kopf ablaufen zu lassen, wobei der Film jedes Mal ein wenig mehr zerkratzt und immer dünner wurde, konnte ich jetzt vielleicht sicher sein, dass ich sie nicht mehr verlieren würde, da sie immer irgendwo dort draußen sein würden.

Es *ist* besser zu geben.

Inzwischen lief hier übrigens mein eigenes Leben ab, direkt vor mir – ein leerer Film, den ich füllen konnte mit den *eigenen* Bildern meines *eigenen* Ichs, hier draußen in der weiten Welt.

Und was den »nächsten logischen Schritt« anging, vor dem mein Vater mich immer gewarnt hatte, weil ich dadurch in etwas hineingezogen werden könnte, bevor ich auch nur wusste, was los war?

Nun ja – wie logisch ist das hier:

Ich töte Claire fast und bringe ihr Lieblingspferd um und trotzdem sind Claire und ich am Ende zusammen.

Abgesehen von meiner unbeholfenen Entschuldigung damals im Restaurant haben wir dieses Unglück mit keinem Wort wieder erwähnt. Ich betrachte das übrigens als eine Angelegenheit, in der *Claire* gibt und vergisst: Sie gibt mir eine Zukunft, indem sie das Einzige, was diese Zukunft abrupt beenden könnte, vergisst.

Ich weiß, dass sie das voll und ganz getan hat. Zum Beispiel, wenn wir oben auf diesem Wagen sitzen, kurz vor dem Abheben ins Weltall, dann ist da nichts von der Beunruhigung, die ich bei Emily empfunden habe. Claire ist ganz für mich da.

Aber ich habe auch schon gedacht, dass ich nicht wirklich verstanden habe, was Dad mir mitzugeben versuchte. Ich denke, in Wirklichkeit wollte er sagen, dass es falsch ist, Arbeit und Liebe und Leben zu trennen und sie jedes für sich hintereinander aufzureihen. Dass im Leben etwas für den einen »logisch« sein kann, das für einen anderen gar keinen Sinn macht. Dass man nicht immer von A nach B nach C geht. Wenn ich mir seine Art zu arbeiten und zu lieben und zu leben anschaue, dann war das alles ein einziger großer Klumpen.

Ich sage nicht, dass ich alles kapiert habe, aber wenn ich mit der Arbeit und der Liebe schon mal weiterkomme, dann wird das mit dem Leben schon noch kommen.

So wie Jake an seiner Theke, wenn er im größten Hochbetrieb herumwirbelt in seinem Tanz um Rühreier und Toast, wie bei mir, wenn ich mit Claire zusammen bin und nicht darum kämpfen muss, dass sie mich versteht, oder wenn ich mir auf der Leinwand anschaue, was ich gedreht habe, und weiß, dass ich Menschen erreiche: Sie setzen sich nicht beiseite und machen sich Gedanken über irgendetwas, sondern sind ganz gefangen. Eingehüllt in mein eigenes Leben. Da würde ich gern sein.

Andererseits kann es sich vielleicht herausstellen, dass Filmemachen zu gar nichts gut ist, und dass ich genauso unnütz bleiben werde, wie einige Leute heute schon denken, dass ich es bin.

Wie mein Dad mir einmal über die Osage-Orangenbäume sagte:

»Es muss auch einige Dinge geben, die man zu gar nichts gebrauchen kann.«

Und dann werde ich mich selbst neben all die anderen nutzlosen Dinge malen, die ich in meinem Buch gezeichnet habe: sich überlappende Farne, die einen Hügelhang verschleiern, die Grau- und Pinktöne eines Pilzes, der in Kreisen auf einem abgestorbenen Baumstumpf wächst, Nebel, der am Morgen wie ein Tuch über der Tiefebene liegt, Wasser, das sich im Winter grau in eisgeränderten Teichen sammelt und im Sommer gemächlich und grün dahinfließt, mit wimmelndem Leben auf seiner Oberfläche, ein den Blick auf den Himmel versperrender Baum mit einem Stamm, so dick, wie ich groß bin, der in das Blätterdach über mir hinaufragt, wo er zusammen mit all den anderen Bäumen schließlich mit dem Himmel mit seinen vielen Schattierungen verschmilzt. Ja, vielleicht werde ich eines Tages genauso nutzlos sein wie all das. Und vielleicht wäre das gar nicht so schlecht.

*Ich danke meinen Lektoren,
Soyung Pak und Emily Easton,
bei Walker & Company,
dass sie mir geholfen haben,
dieses Buch zu realisieren,
und meiner Frau, Linda Dove,
für einige wichtige Einsichten
beim Schreiben dieses Romans.*

»Du bist ein Mann, wenn du ein Steak braten kannst ...«

Jon Ewo
Die Sonne ist eine geniale Göttin
320 Seiten
C. Bertelsmann
ISBN 3-570-12586-6

Sommer in Oslo, Adam thront auf dem Silodach. »Du bist so kindisch«, hatte sie ihm an den Kopf gedonnert – und war abgedampft. Jetzt ist er Adam ohne Eva, allein mit der Schlange. Erwachsenwerden lautet die Parole und der 9-Punkte-Plan, bei dessen Umsetzung ein Deal mit der Sonne für die nötige Unterstützung sorgen soll. Adam grüßt sie Tag für Tag und bestätigt ihr, eine geniale Göttin zu sein. Im Gegenzug hilft sie ihm, ein Mann zu werden. Doch der Sommer zieht dahin, ohne dass Adam sein Ziel erreicht. Vom perfekten Anbraten eines Steaks etwa bleibt er meilenweit entfernt im Stadium »Bei Verzehr Gefahr für Leib und Leben« hängen und beim Versuch, seine Eva zurück ins Paradies zu locken, bezieht er Prügel von ihrem neuen Liebhaber. Dennoch: Fast unmerklich ist ein Stein ins Rollen gekommen ...

C. Bertelsmann JUGENDBUCH
www.bertelsmann-jugendbuch.de

Kate Cann

Höhenflüge und Bauchlandungen

Die Liebesgeschichte von Coll und Art

»Colls eigene Entscheidung gegen Das Erste Mal wird in einer psychologisch äußerst spannenden und sensiblen Handlung verpackt.«
Buchmarkt

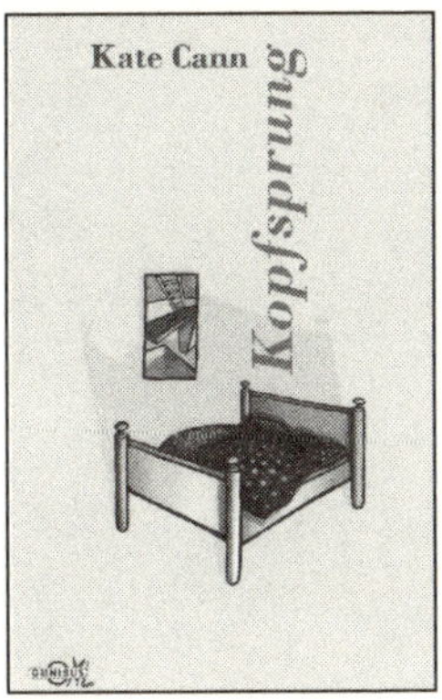

Band 1
Kopfsprung
Omnibus XL 25029

Art führte intime Beziehungen, Coll dagegen ist unerfahren. Ab ins Bett? Der 16-Jährigen geht das zu schnell ...

Band 2
Im Tiefen
Omnibus XL 25041

Coll schläft mit Art und versinkt in einem Strudel widerstreitender Gefühle, die Art nicht nachempfinden kann. Zu verschieden sind ihre Auffassungen von Sex und die Beziehung zerbricht.

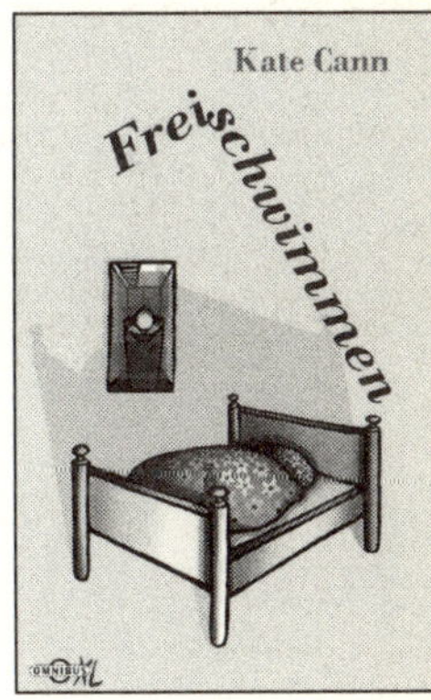

Band 3
Frei schwimmen
Omnibus XL 25040

Verzweifelt versucht Coll, Art zu vergessen. Die Freundschaft mit Maggie hilft ihr, die Enttäuschung Stück für Stück zu verarbeiten. Doch plötzlich kehrt Art zurück.

OMNIBUS XL

Junge Bücher mit Format
von Bertelsmann
www.omnibus-verlag.de